異世界転移したけど、王立学院で事務員やってます

平穏な日常、時々腹黒教授

虎石幸子

22771

角川ビーンズ文庫

contents

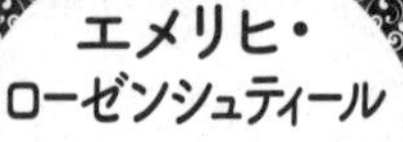

アーベント
王立学院・魔術科
呪文構築専攻の
教授

多英(たえ) 忍(しのぶ)

現代日本から、
アーベント王国に
転移した大学生

characters

アーベント王国ヴェーヌス領・領主

ローゼンシュティール教授の
婚約者

魔術科所属の学生

本文イラスト／黒埼

プロローグ

夜の森だった。街灯もない、闇の中、裸の木々の黒い影、うっすらと積もった雪が白々と光っている。頭上には月が輝いていた。月明かりが降り注ぐように、ここだけがぽっかりと平らな地面をさらしていた。

背後を振り向くと、噴水がある。雪と同じように光を受けて発光しているような白い大理石で造られた噴水。

中央には壺を持った女性の彫像が水を注いでいる。寒さで震えの止まらない肩をさすりながら観察するが、どれも見覚えのない場所だった。

「……ここ、どこ？」

私はさっきまで駅前にいたはずだ。

企業の採用面接の帰りで、あまり上手くいかなかった。もう何十社も受けていて、どこも二次三次までは進むけど、最終面接にはたどり着けない。

しかも今日は噂の圧迫面接を体験する羽目になった。「真面目って、つまりは頭が固いってことでしょ？」なんて笑われて、愛想笑いを返すしかできなかった。心の中では「こっちだって御社みたいなネチネチした質問する会社お断りだよ！」って食いしばった歯の下から言ってやった。

散々な気分で電車に飛び乗り、家の最寄り駅に着いたころにはへとへとだった。

電車の中も満員で座れなかったし、家に帰る前に少しだけ休みたい。目の前にあった駅前の噴水に腰掛けた。コンクリートでできた台座の縁はお尻が冷たくなったけど、それよりも疲れがどっと押し寄せてきて身体が鉛のように重たくなった。

一緒に眠気もやってきて、瞼が重力に逆らえなくなって、意識が遠ざかる前に自分の首がこっくりと大きく舟を漕いだのは覚えている。

耳を打つ水音にハッと目を開けた時にはもう水中だった。

慌ててもがいたけれど、どういうわけか引っ張られるようにドンドン沈んでいく。意識が遠のきかけた時、藁にもすがるように伸ばしていた手の先に硬いものが触れた。噴水の縁だと思って必死に掴んだ。すると底なしに思えた水の中で足がついて、なんとか身体を支える。力を振り絞ってしがみつき、噴水から転がり出るように這い降りた。

もう一度辺りを見回した。住んでいた大学前の町は今の時季はまだ雪は降らないはずだし、噴水もコンクリート製のはずだ。でも目の前にあるのは大理石の噴水だ。

何が起こったのか理解できないまま呆然としていると、今度は急に地面が光りだした。

光を中心に旋風が起こって、髪がバサバサと弄ばれる。顔の前に手をかざして眩しさに目を眇めながら見ると、円に文字や図形が描き込まれた模様が浮かび上がっていた。――これ、もしかして魔法陣ってやつ？

光が消えた後、目の前には二人の人影が立っていた。どちらも背が高くて大きい。

私はポカンと口を開けた。おとぎ話でも見ているのかと思った。

月光の中降り立った二人のうち一人は、背中までの長い黒髪が風にさらわれてさやかに揺れている。月の光をはじくような白い肌が遠目でもわかった。

黒いマントに黒のブーツ。全身黒ずくめで着飾ってはいないのに、かえって怜悧な顔の造作が、夜の闇の中で引き立つ。

「やれやれ、いつまで経ってもこの感覚は慣れないな」

二人の男性のうち、もう一人が肩を竦めた。金髪碧眼の冴えわたった目鼻立ちの美男子で、王子様みたいな容姿だ。金銀の刺繍の入ったマントに濃茶の革のブーツを身に着けている。

どちらの格好も現代人っぽくない。ファンタジー映画か中世ヨーロッパの人みたいな格好だ。

それに、話している言葉はわからないのに、どういうわけかしゃべっている意味は理解できる。不思議な現象にただただ相手の顔を見つめるしかできなかった。

「後から来ればよかったんだ。その方が僕も負担が減る」

黒髪の人は不機嫌そうに答える。夜の空気に溶け込むような、低く歌うような声だった。

「それはまずいと思うよ。だってほら、君って口下手だし」

苦笑した金髪の人は、地面にへたりこんだままだった私のほうに目を向けた。まるで私が来ることがわかっていたみたいに、にっこりと微笑んで両腕を広げる。

「初めまして、私はアーベント王国ヴェーヌス領の領主、ルートヴィヒ・クラインベックだ」

「え、アーベ……？　あの、こ、ここは、どこですか？」

まだ震えの止まらない口で何とか訊ねる。突然現れた二人に忘れていたが、濡れたスーツが乾いたわけでもないし、周りに見える雪がなくなったわけでもない。自分を抱きしめるように両腕で身体をさする。

二人の男は顔を見合わせた。

「やっぱり、間違いないか？」

「ああ、『旅人』だ」

黒髪のほうが物憂げに息を吐いた。雪と草を踏む音を立ててこちらに歩いてくる。まだ起き上がれない私の前で彼は跪き、おもむろにマントを脱いで、私の肩にかけてくれた。マントのあたたかさにホッとする。

「あ、ありがとう」

お礼を言うと、彼は表情も変えずに頷く。整った白い顔の中、宝石のように輝く青い目がこちらを見つめ、強張っていた肩を大きな手が包み込んだ。それから、何か低い声で呟いた。ふわりと全身を温かい風が吹き抜ける。触れてみると、さっきまで身体に濡れて張り付いていた服がすっかり乾いていた。冷え切っていた身体も体温を取り戻している。驚いて自分の服と彼の顔とを交互に見た。今のは一体何だろう？

「彼はエメリヒ。エメリヒ・ローゼンシュティール。魔術師で、新米だけど『学院』の教授なんだ」

ルートヴィヒと名乗った金髪の男性が少し強引に彼と肩を組む。

「あの、……私、駅前にいたはずなんです」

ルートヴィヒさんは申し訳なさそうに首を振った。

「君は違う世界から来たんだ、女神の導きで。森に光の柱が立つのが見えて、私たちはここまで来た」

「いやいや、まっさかあ……」

冗談めかしてみたけど、道具も使わずに服を乾かしてもらったことや、魔法陣から急に現れた二人の姿を目にして、とても嘘とは思えなかった。

「だって、私、日本に住んでたんですよ？　まだ大学生で、就職活動だってしてたし、……お、お父さんとお母さんは？　もう、帰れないんですか？　会えないんですか？」

声が震えた。今度は寒さからでなく、恐怖と動揺からで、しゃべっている言葉は違うはずなのに通じることも、じわじわと現実味を感じさせて恐ろしかった。

「……残念だけど、あちらから来た人間が元の世界に戻ったっていう記録はないんだ。女神はどういうわけか、時たま違う世界から人間を招き入れる。君のような人は『旅人』と呼ばれている」

「そんな……」

大学だってまだ卒業してないし、就職活動だってまだ内定をひとつももらってない。一人暮らしの部屋も、冷蔵庫の中に使いかけの食材が残っている。出掛けるときに慌てて準備して、片付ける時間がないまま飛び出してきたから部屋の中もぐちゃぐちゃのはずだ。

それに、両親にもう会えないなんて。最後にやりとりしたのは電話で、採用面接が上手くいかなくて落ち込んで愚痴ったときだ。心配ばかりさせて、採用通知とか、親孝行もろくにできていない。やり残したことばかりだ。寂しさに胸がきゅうっと摑まれたように苦しくなる。

うなだれた私の頭を、そっと誰かが撫でた。ゆっくりと顔をあげると、エメリヒさんの青い目がこちらをじっと覗きこんでいる。元々が無表情な人なのかもしれない、感情は読めないけど、私のことを心配してくれているのだろうか。

「僕と、ルートヴィヒが君の家族代わりになろう」

「領主として歓迎するよ。領民に『旅人』が増えるとは、うちの領地も箔が付くなあ」

ルートヴィヒさんは腕を組みながらうんうん頷いた。声は隠しきれないほど弾んでいた。冷たい目つきでエメリヒさんがギロリと睨む。

「こちらの常識や習慣を教えて、生きていく方法を探す手伝いをする」

「え、と、それは、……助かります」

具体的なことに言及されると、動揺でいっぱいいっぱいになっていた頭の中が冷静になった。領主っていうくらいの偉い人と教授が手助けしてくれるなら、当面の生活は安心だろう。

戸惑いながらも答えると、エメリヒさんは少しだけ口角を持ち上げた。ちょっとの表情の変化で優しそうに見えるから、美形って得だなあ。目の保養だと思ってまじまじと眺めていると、彼はこちらに向かって手を差し出してくる。

「名前を教えてくれないか」

「あ、……シノブ、シノブです。多英忍」

おずおずとその手を取った。人間離れした美貌に反して、しっかりと体温があって、硬く乾いていた。力を込めて握ると、それよりも強い力で引っ張り上げられる。へたり込んでいた地面から立ち上がって、向かい合う格好になった。首が痛くなるほど高い位置に顔がある。

「シノブ。君がこの世界で生きていけるように、手助けすると約束しよう」

月明かりを背に、黒絹の髪が青みを帯びて輝いている。白い頰に長い睫毛が濃い影を作り出し、スッとまっすぐ伸びた鼻筋の下、薄い唇はうっすらと弧を描いている。かすかな微笑みを浮かべたエメリヒ・ローゼンシュティールは、惚れ惚れするほど美しかった。

一章 陰険根暗げじげじ教授

なーんて、純粋に人を信じてた時期もありました。

お母さん、あなたの娘、多英忍が異世界へ来て、半年が過ぎました。まだ右も左もわかりません。大変苦労しています。

半年前は就職活動に明け暮れてましたね。何十社も履歴書を送って面接や試験を受けてはなかなか内定がもらえなかった私が、アーベント王国の北にあるヴェーヌスっていうところで、今は王立学院の事務員をやっています。これってある意味、就活完了したってことでしょうか？

「何だ、このレポートは？」

乱暴に突き返された書類の束に、ローブ姿の学生たちは押し黙った。

たった今入ってきた扉を音がしないようにそっと閉めながら、私は息をのんで静かに様子を見守った。

彼らの前には、私がこの異世界に来て初めて出会い、私が生きていく手助けをすると約束してくれた、エメリヒ・ローゼンシュティール教授がいる。黒絹の髪に、宝石をはめ込んだような深い輝きの青い瞳。人形かと思うほど美しく整った顔立ちに、長い手足という恵まれたスタイル。

アーベント王立学院魔術科、呪文構築専攻の教授で、呪文構築の名手と呼ばれている。そのせいか、どんな刺々しいセリフも歌うように滑らかに聞こえてしまう。彼は白く秀でた眉間に深々としわを刻み、物凄く険しい顔で憎々しげに自分が叩きつけた書類を睨んだ。

恐る恐る男子学生の一人が訊ねる。

「ど、どこか不備がありましたか？」

「不備だらけだ。まず読みにくい。そもそも誤字が多い。助詞のミスも多い。語順もまずい。なぜ簡潔に書けない？　ダラダラと分かりにくい接続で一文が長い。この文章で何が言いたいのか全く理解できない。こんなものを読まされるこちらの身になってみろ、読むだけ時間の無駄だ。こんなものを読まされるくらいなら古代呪文書を解読していたほうがまだ意義がある」

息継ぎもなくスラスラと並べ立てられるのにびっくりする。しかもいちいち細かい指摘だ。

気が遠くなった私は、彼の背後にかけられたタペストリーへ見るともなく目をやった。星のモチーフにいくつもの円や幾何学模様が折り重なっている。その周りに短い文章が書きこまれている。こちらの字は大陸文字と呼ばれている。覚えてまだ日が浅いけど、何かの詩が書かれているみたいだ。

神経質そうに教授の指先がコツコツと書斎机の表面を叩いた。

「とにかく、明日までに書き直してくるように。指摘した部分が直っていなければ次はない」

「そ、そんな⁉ 明日までなんて無理です！」

「王立学院の学生ならば普通だ。ここで無駄口を叩く時間があるなら、帰って一秒でも早くレポートに取り掛かるべきではないか？」

「っ……！」

にべもない教授に、学生さんたちは歯嚙みして、レポートをひったくって踵を返した。

「『悪魔』め」

「おれ達と歳もそう変わらない癖に、偉そうに……」

「しっ、聞こえるぞ」

彼らはもごもごと毒を吐きながら去っていった。慎重に閉じたばかりの扉がバタンと大きな音を立てて閉まるのを見送る。

「何の用だ？」

「あ、は、はい。実技用のホールの貸出申請書を書いたので、確認をお願いします」

「それは昨日頼んだ。難しいものでもない、昨日のうちに作れるはずだ」

「す、すみません……」

「それほど忙しいのか？」

「いえ、まだ新人なので、先輩のテオさんにチェックしてもらってから……」

「話にならないな」

疲れたようなため息が聞こえてきた。ローゼンシュティール教授はイライラと頬にかかる長い黒髪を鬱陶しそうに払いのける。その仕草さえちょっとした絵画になりそうな美しさだが、美人は三日で見飽きるというやつだ。今じゃ逆に憎々しささえ覚える。

あの夜の印象が幻みたいだ。最近はあの時は猫かぶってたか実は二重人格か、それか実はそっくりな双子の兄弟がいたかと思っている。

「すみません。次はすぐに作れるように努力します」

「努力だけか？　結果に結びつかなければ意味がない」

こっちは反省しているのに、この追い打ち。ほんっとうに可愛くない。食いしばった歯の下からこの場を去るべく返事する。

「はい、すみません。あの、ではこれで失礼します」

「待て」

「はい？」

「読み書きに加えて、もうそろそろお前も魔術の基礎を学ぶべきだ」

「はあ、魔術……」

ローゼンシュティール根暗教授が何を言わんとしているのかいまいちよくわからない。首を傾げる私に、彼はわざとらしく咳払いする。

「お前も『旅人』だ。学院で収まらずに領地の役に立つことをしろ」

「はあ……それが、魔術を学ぶ、ですか？」

「そうだ。本来ならば基礎魔術など家庭教師か私塾で習うものだが、『旅人』には大きな魔力を持つ者が多い。繊細で複雑なコントロールを必要とする魔術を教えるのに私ほどの適任はいない」

「はあ……つまり？」

　段々嫌な予感がしてくる。察しの悪い私にいらついたのか、陰険教授は片眉をピクリと跳ね上げた。

「この私が直々に教えてやろう」

「嫌です！」

　とっさに本音が出た。

「何だと？」

「あー、えっとぉ。教授はただでさえお忙しいでしょうから……」

「問題ない。『旅人』は大きな魔力を持っている。魔術を身に付けることは急務だ」

「でも、教授が教える必要はないですよね？　他の人でもいいじゃないですか」

「ルートヴィヒの了解も得ている」

　私の意思は無視か！　ムッとしたけど、言い返すなんてできず、私はちらりと後方確認した。

脱出路よーし。ジリジリと後ろに下がりながら、胸を張って答える。

「私は褒められて伸びるタイプなので！　教授にガミガミ叱られながら教わってもち――っとも覚えられる気がしません！　では失礼しました！」

「おい、待て！」

待てと言われて待つ馬鹿がいるかよ！　重たい樫の木の扉まで後退りして体当たりするように開けると、そのまま反転して逃げた。

全速力でカーブした廊下を駆け抜けていると、勢いよく何かにぶつかった。

「きゃっ」

「いったた……」

しりもちをついてしまい、痛みに呻く。持っていた書類が石造りの床に散らばっている。目で辿ると、柔らかい桃色のドレスの裾が視界に入った。

「ちょっと！　どこ見て歩いてるのよ！」

頭上から怒鳴り声が聞こえて顔をあげると、見知った赤毛の少女が眦を吊り上げていた。ハッと目の前を見れば、ドレス姿の少女が倒れている。

ぶつかったのは人だったのか！　慌てて立ち上がり、手を貸そうとする。

「ご、ごめんなさい！」

「無礼者！　アンタの手なんかいらないわ！」

赤毛の少女に睨みつけられた。頬にはそばかすが散っていて、ツンとした鼻は少し上向いている。紺色の侍女のお仕着せを着ている。

彼女はオリヴィエというらしい。自己紹介なんてされたことないから同僚からの人づてだけど。オリヴィエちゃんは侍女で、ある令嬢に仕えている。そのご令嬢の代理として、教授に色々と差し入れを持ってくる姿をよく目にしていた。

「やめなさい、オリヴィエ」

「でも、お嬢様！」

白銀の髪が陽光を受けてさざ波を打つように広がっている。淡い緑の目は長い睫毛に縁どられていて、瞬きで愛らしく見え隠れする。ぶつかった衝撃で髪がほつれていなければ、完璧すぎて妖精じゃないかと見紛うほどの美少女だ。

オリヴィエちゃんが仕えているご令嬢というのは、なんとあのローゼンシュティール教授の婚約者なのだ。陰険教授に、婚約者。

オリヴィエちゃんが付き従って助け起こそうとしているということはつまり、この少女が例の教授の婚約者なのだろう。

「申し訳ありませんでした。私の不注意です」

声に力をこめて頭を下げる。軽率だった。私はもう子どもじゃないし、学院は仕事場なのに、なんで後先考えずに行動したのか。第一、廊下は走ったら危ないなんて子どもでも知っていることだ。

「悪いと思っているなら、今度からこんなところを走らないでちょうだいね」

「そうよそうよ！　育ちが悪いったらない！」

「はい。本当に申し訳ありませんでした」

なるほどたおやかで優しい人だ。けどそれに便乗して私を馬鹿にするオリヴィエちゃんめ。

彼女はどういうわけか教授の助手として接する機会の多い私を憎んでいる。

私はもう一度頭を下げた。下を向いた視界に、ふわりとたわんだドレスの裾に細い手が動くのが映る。床に散らばった書類を拾い上げて、目の前に差し出された。

「お仕事ご苦労様。もう怒ってないわ」

「あ、ありがとうございます……」

慌てて顔をあげて受け取る。にっこりと柔らかく微笑まれると、あまりの美しさに何だか頬が熱くなる。ルートヴィヒ様といい教授といい、こっちの世界に来てやたらと美形に出会うことが多いけど、この人はいるだけで辺りの空気が清浄になりそうだ。

「お嬢様は優しすぎます！」

「オリヴィエ、もうやめてちょうだい」

「でも、お嬢様！　教授はお嬢様の婚約者なのに、こんな小娘に周りをうろつかれたら迷惑です！」

「何度も言いますが、私はただの事務員で、教授とはお仕事以上の関係はありませんから」

オリヴィエちゃんには何度も説明しているけど、わかってくれない。だいたいあんな根暗で口うるさい人なんか、いくら美形でもこっちから願い下げなんだけどなあ。

「身のほどを知りなさい。アンタとお嬢様じゃ勝ち目なんてないのよっ」

「オリヴィエ！」

お嬢様はひとつ大きなため息を吐く。

「教授が待っていらっしゃるわ、行きますよ」

「あっ、お、お嬢様！」

ドレスの裾を翻して歩き出した。オリヴィエは慌てて追いかける。その後ろ姿を見送って、肩を落とした。やれやれ、今日はどうしてこんなに色々続くんだろう。

私が今いる、アーベント王国が誇る王立学院は、そもそも北の国境を守るために才能ある若者を集めて、最北の領地であるヴェーヌスに魔術師や騎士の卵を育成する機関を設立したのが始まりらしい。春になっても雪を冠する険しい山脈の中、静かにそびえ立つ石造りの城が学院だ。

城の中は聖堂や中庭、図書館や式典のためのホール、食堂に学生や教授の生活する寮もある。騎士の卵が学ぶ騎士科の荘厳な建物の城館に対して、魔術師の卵が学ぶ建物は城の一番奥にあって、『塔』と呼ばれている。背の高い建物の多い学院の北側にあって、天にも届くかというほど高い。ところどころ教授方が増築して変な尖塔を生やすのでちょっとどころでなく歪な形をしている。

『塔』の階層が上になればなるほど小難しいことを教えている教授の研究室や住居があるし、下になると授業のための講堂や実技演習をやるためのホール、そしてその足元に城館がつながっていて、学生と教授をお手伝いする私達事務員の控える事務棟がある。塔のエントランスは三階部分まで吹き抜けになっていて、入ってすぐ両脇から円弧を描くように壁沿いに階段が伸びている。

階段の合流する踊り場の下はアーチ形にくりぬかれていて、そこが事務棟の入り口だ。塔側の入り口から真ん中までが魔術科担当の事務員、騎士科につながる部分までがあちらの担当事務員の部署だ。

事務棟の騎士科担当と魔術科担当には境目はないけど、ひと目でわかる。なんとなく金ぴかの鎧や真っ白な大理石の彫刻などの置物が多かったり、磨きこんで顔が映りそうなほど掃除が隅々までなされているほうが騎士科だ。魔術科は掃除もおろそかにされているのか、蜘蛛の巣が張っていたり、置かれている明かりも少なくてどことなく薄暗い。なんとなくは気付いていたけど、もしかして魔術科って追いやられてる？　そういえば『塔』の立地も一番奥で、城の中でも一番寒くて年中日の当たらない北側だ。

気を取り直して中に入ると、吹き抜けで天井が高い廊下がずーっと続いていて、それを支える柱型のアーチの大きさに毎度通るたびにポカンと口を開けて眺めてしまう。外からではこんなに高さと奥行きがあるとは思えないけど、魔術で空間拡張しているらしい。

学生さんのサポートをする学生課、教授の授業の要望を聞いて講堂や授業時間を配分して教授と学生の橋渡しをする教務課、その隣が私の所属する助手課だ。さらに奥には講堂や演習場、ホールなどの使用を管理する課、経理課、入試課、人事、警備など、まだまだ色々ある。最近働き始めた私にはたぶんまだよくわかってない課も多いけど、なかなか壮観で好きな眺めだ。

「ただいま戻りましたー」

扉をくぐると、中は相変わらず忙しそうだ。ある者はすごい勢いで書類をさばいていたり、ある者は通信用水晶に向かって手を合わせて拝んでいる。よくわかんない機材を運んでいたり、分厚い書物を箱に詰め込んでいたり、本当に色んな仕事をしている。

「おかえりなさい、シノブさん」

「おかえり、シノブー」

「テオさん、聞いてくださいよ～」

テオさんは私の指導役の先輩だ。私の泣き言に顔をあげてズレた眼鏡を直す。特徴的な鉤鼻がちょっと知的な男性だ。

　もう一人出迎えてくれたのは同期で入ったユリアン。ひょろりとして背が高い男の子だ。テオさんの斜向かい、私の正面のデスクに座ってこっちにひらひら手を振ってくる。

「ローゼンシュティール教授と相性悪いですねえ」

「あっちの問題です。いちいち細かいんですよ！　努力は結果に結びつかなければ意味がないって、普通言います？」

「まあ正しい指摘ですね」

「テオさん？」

「毎年いるんですよねえ。自分は大物だと言うばかりでレポートひとつまともに提出しない学生さん」

「ああー、オレの同期にもいたっすね。帳簿付けの課題もろくにやらないで舐めてたら卒業できなかったやつ」

　ユリアンが頭の後ろで両手を組みながら同意する。彼は商家の次男坊だとかで、この間まで学院の商科の生徒だったらしい。家に戻って家業を手伝うまでの経験を積むためにここにいる。そばかす顔が健康的な青年だ。年齢も近い。気安い名前呼びとか、どこかチャラいところがある。交友範囲が広くて業務に上手いことと人脈使ってるところがなかなかのやり手だ。チャラさも馬鹿にならん。

「それは……努力すらしてないですよね」

「そうそう！　その点シノブは偉いっすよ～。読み書きも頑張ってるし、書類作りもテオさんからバンバン教わってるしぃ。正直オレと一緒に入ってきた当初は足引っ張られるんじゃないかって思ってたけど、食らいついてるもんねえ」

「『旅人』だから仕方ないとはいえ、半年でよくここまでやってますよ」

「あ、ありがとうございます……」

照れくさくなって頬を掻きながらお礼を言った。けどユリアンの言い草は褒めてるにしてもちょっと引っかかるものがあるぞ。

こちらにやってきた人間は『旅人』と呼ばれている。

こっちに迷い込んでくる人は今までにもいたらしい。そして、私もそのうちの一人。

今までやってきた『旅人』が残した技術はそこここにあって、それは書物に使われている紙一枚とってもそうだ。製紙や印刷の技術、上下水道、ふとしたところで元いた世界の気配を感じる。

『旅人』が暮らしに何らかの恩恵を与えてくれることを知っているので、アーベント王国では『旅人』を保護して魔術の教育を施すなどの支援がゆくゆくは国益につながると思っている国民が多い。

運がよかったことに、私があの噴水に落ちてやってきたこのヴェーヌスの領主はまだ若くて身軽だ。彼はその日のうちに私を保護して、私を『旅人』だと判断した。

『旅人』だからといってそこら辺で遊ばせることが保護ではない。何かしら学ぶか働くかしながら暮らすことを勧められて、今更もう一度学生をやるのもなんだったので、基本の読み書きを教わった後で事務員として働く傍ら、ゆくゆくは魔術を教わることになっていた。

「教授っていつもあんな感じなんですか？　さっきだって学生さんに『こんなものを読まされるくらいなら古代呪文書を解読していたほうがまだ意義がある』なんて言ってたんですよ？　酷くないですか？」

「ローゼンシュティール教授、やる気のない学生さん相手には容赦ないですからねえ」

テオさんは話しながらも手を動かして書類を完成させた。書き終わった紙のインクに息を吹きかけるように何か唱えて、風の魔法で乾かす。出来上がった数枚をまとめて机でトントンと叩いてそろえた。

「ローゼンシュティール教授、色々噂があるっすよね。噂っていうか、伝説？　就任早々の授業で気に入らない学生を追い出したとか、事務員が不用意に研究室に入ったとかで怒鳴ったとか」

「あ、私もそれ聞いた。本当のことなの？」

「さあ？　貴族の教授や学生からはよく思われてないっぽいっすよね。なんか、キレるとヤバい人だとか」

「いつもキレてますけど……？」

「あれ以上にヤバいんすかね？」

ユリアンと二人して首を傾げていると、テオさんが苦笑する。

「まあ、魔術師は気難しいところのある人が多いですよ」

「そんなこと言っちゃって、テオさんだってこないだローゼンシュティール教授の無理難題に怒って研究室に乗り込んでたじゃないっすか〜」

果敢にツッコむユリアンは本当にメンタルが鋼で出来てるなって思う。テオさんは鼻先に引っかかった眼鏡を外した。引き出しから布を取って拭いている。俯いたまま、彼はトーンを落とした声で重々しく切り出した。

「あれはね、受講者全員に羽ペンを購入するように申請されたからですよ」

先輩から漂う恨めしげなオーラに、早くも私は恐々とする。ユリアンは全然気づいてない。

「えーっ、マジっすか！　羽ペンは奨学生以外は各自調達が基本っすよねえ！」

その基本を知らなかったやつの担当助手が私だ。タラリと背中を嫌な汗が伝う。教授たちにも授業を行う際の要項として通達されていることだ。ローゼンシュティール教授って、頭はいいかもしれないけど魔術に関係ないことは基本覚える気がない。

テオさんは変わらず眼鏡を拭きながら、ごく静かに話す。

「ローゼンシュティール教授はね、純粋な学院卒業生ではありませんから」

「そ、そうなんですね？」

「その分知らないことも多くて、貴族だから羽ペンのときみたいに予算を度外視しているところもありますし……少しでも無駄遣いすると怒られるのは私達ですからね。それに、教授同士の交流もしたがらないですし……事務としては非常に扱いづらい。へそを曲げられても、こちらも規則がありますからね」

「た、大変ですね」

私の言葉にテオさんはスッと顔をあげる。かけ直した眼鏡が反射してギラリと光った。

「他人事じゃありませんよ、シノブさん」

「は、はい」

思わずピシリと姿勢を正す。テオさんは落ち着いていて冷静なのに、漂ってくる圧力はただごとではなかった。

「新人同士ということで貴女と組んでもらいましたが、彼が暴走しそうなときは貴女が、あの黒い悪魔の担当だ。これから、ちゃんと、御せるように、頑張りなさいね？」

「ふぁ……は、はい……がんばります」

普段柔和なテオさんから表情が抜け落ちるとマジで無だった。無すぎて真の闇を感じる。

本能的な恐怖を感じて私は頷いた。なぜか隣のユリアンも一緒になって頷いていた。

まあそんなこんなで、苦労の絶えない毎日だけど、学生さんとは何とか上手くやっていると思う。

お昼は学院にあるテラスや食堂で教授、学生に交じって職員も食べていて、挨拶してくれる学生さんも多い。よくレポートの提出なんかで顔見知りになるのだ。年も近いし、学院まで学ぶために来ているので真面目だ。私も大学時代こうだったのだろうか、なんて微笑ましくなるときもある。私の仕事は学生さんと接する以前に教授の手伝いが第一なので、話をするのもそこそこなのだけど。

「こんにちは」

「こんにちはー」

ぺこりと丁寧に頭を下げてくれるローブ姿の学生さんに挨拶しながら、お昼ご飯ののったトレイを運んで空いているテーブルを探す。今日は牛肉と野菜の煮込み料理とパンのセットだ。運よく早く手が空いて、いつもより早くお昼をとることにした。

「シノブさん。よかったらここ、どうですか？」

テラス席のひとつから学生さんが手招きしてくれる。そばには大きな木が木陰を作っていた。

枝葉が日差しを浴びながらきらめく木漏れ日をテーブルの上に落としている。

「僕たちはもう終わって出るところなんです」

「じゃあ、お言葉に甘えて。ありがとうございまーす」

同席するのは躊躇われたけど、そういうことなら遠慮はしない。席を立った学生さんたちにお礼を言って、サッと椅子に座り両手を合わせる。

「いただきまーす！」

スプーンを手にお肉をひとかけすくって口に運ぶ。よく煮込まれてホロホロ崩れていくお肉の繊維。程よい塩加減と甘みを感じる野菜の出汁につい頬がほころぶ。こっちの世界に来て心配だったのは食事事情だけど、白いお米のご飯が食べられないのだけが残念で、味は大満足だ。

もうひと口、とスプーンで今度は野菜をすくおうとしたところで、頭上から何かがポトリとテーブルの上に落ちてきた。木の葉かなと気にせず食べ続けるつもりだったのに、視界の端で何かが蠢いた。こういうときほど嫌な予感がする。けど確認しないわけにはいかない。ギギギ、と固まる首をなんとか動かして視線を向けると、予想通り、毛むくじゃらのあいつだ！　毛虫がいた！

「あ、シノブだー。ここ相席してもいいっすか？」

午前中の仕事を終えたユリアンがトレイを持ってやってくる。同意する前にもう座っているのが彼らしい。

「あ、毛虫」

テーブルの上を這っていた毛虫を落ちていた木の枝で払いのけ、こともなげに食事を始める。

「……助かったよ、ユリアン」

「？　どういたしましてー」

お礼の意味が分かってなさそうだ。スプーンを持つ手を止めて、辺りを見渡す。日差しを遮るものがない辺りのテーブルは商科やその他の学科の学生が多いかもしれない。校舎側でパラソルが並んでいる辺りのテーブルには、騎士服姿の騎士科の学生さんが目立つ。そして、木陰側にはローブ姿の魔術科の学生さんが多い。

「ねえ、この辺は魔術科の席って決まりでもあるの？」

そうじゃなければ毛虫が落ちてくる心配なしに食事ができる校舎側に座ってみたい。訊ねるとユリアンはくわえていたスプーンを振る。

「暗黙の了解ってやつっすね」

「暗黙の了解？」

「そっす。騎士科の連中は学院で一番高い授業料を払って通ってるし、一番の出世頭。学科の中でも花形。だから一番いい場所はどこも騎士科のものって態度なんすよ」

「なるほど」

「んで、オレのいた商科はお祭り好きが多くて学生生活謳歌してるやつらが多いっすね。学院で行事を企画(きかく)して華々(はなばな)しくやってるのはだいたい商科っす」

「パリピでリア充(じゅう)ってことね」

「ぱり？　りあ？」

「何でもない。じゃあ魔術科は？」

「魔術科は……担当学科にこういうのも悪いっすけど、暗いっす」

「……確かに。大人しいっていうか」

ユリアンの指摘(してき)がもっともすぎて深く深く頷いてしまった。

「そもそも魔術って、オレらも日ごろ風の魔術で書類のインク乾(かわ)かしたりしてるっすけど、上級魔術って何やってるかいまいち伝わってこないんすよね～」

「わかる。しかも服装はいつも真っ黒なローブだし」

「あれ、もっと派手なやつじゃダメなんすかね？　服もっすけど、儀式専攻(ぎしきせんこう)の実習って不気味じゃないっすか？　実習室から叫(さけ)び声聞こえてきたときがあって……」

身を乗り出して話に熱中しそうになりかけてハッとする。いやいや、昼休憩(きゅうけい)は短いんだ。こんなことで盛り上がってる場合じゃない。

「つまり、魔術科は陰(いん)キャの集まりみたいに思われてんのね」

「きゃ？」

「なんでもない」

盛り上がるつもりはなかったのに、ユリアンの話が上手くて魔術科にまつわる色んな噂話に聞き入ってしまった。ご老人の多い魔術科の教授だけど、意外と決闘好きで年に数回は何かを賭けて大人げなく闘っているらしい。あとは唯一人畜無害な最上階の占星術の教授は大人しすぎて逆に御年百を超えているからちゃんと息してるかどうかで時々大わらわしたりする。

そんな曲者ぞろいの中でも、ガミガミローゼンシュティール教授って特に嫌味で強烈なやつだなって思う。

午後からは資料を運ぶお仕事を言いつけられて、指定された書籍のリスト片手に図書館に来たのだけれど、現在非常に困っている。

「持ち出し禁止、ですか？」

「はい、ご指定のリストのここからここまでは王国指定の重要図書ですので」

「授業に使うものなんですけど……」

「申し訳ありません、規則ですから。他は貸出可能なのですが……」

「ですよね……」

申し訳なさそうな司書さんに同意しながら困惑する。どうしよう。コピー機なんてこの世界にあるわけはないし、手書きで写して持ち帰るにも、読み書きを覚えたばかりの私では何日もかかる。しかも一冊どころの話じゃない。

「お困りですか？」

背後からの声に振り向くと、金髪に眼鏡の青年が立っていた。

「ギレスさん」

「こんなところで会うなんて偶然ですね、シノブさん」

ギレスさんは私に向かってにっこり微笑んだ。途端に周りからひそやかな黄色い歓声があがった。周囲にいる女子たちからチラチラと熱い視線が向けられている。

ハーラルト・ギレスさんは魔術科の学生で、イケメンの多い騎士科と人気を二分している、魔術科唯一のイケメンだ。騎士の爽やかな物腰や鍛えられた肉体とは対照的な、物静かで柔和な物腰に知的な美形。キャーキャー言う女の子の気持ちもなんとなくわかる。ギレスさんはローゼンシュティール教授の授業を受講していて、助手の私のことも律儀に覚えてくれている。

「教授のおつかいで来たんですけど、持ち出し禁止の図書があって……」

「ああ、なるほど」

隣に並んだ彼がカウンターに置かれたリストを覗き込み、合点がいったように頷く。

「それじゃあ、魔術で複写を作ってもらうといいですよ」

「複写？」

つまり、コピーということだろうか。コピー機はないけどコピーする魔術はあるんだ。便利だな。

「今日はまだ複写できる魔術師が残っているはずです。運が良かったですね。レポート期限前なら全員魔力切れで出来ないこともありますから」

「複写をご希望でしたら、こちらの書類に記入をお願いします。ページ数を指定してください」

素早く司書さんが書類を取り出す。でもリストにページ数の指定があったかなんて覚えがなくてうろたえた。

「ページ数……」

「教授もそう考えてたんでしょうね、裏面に書いてありますよ」

カウンターのリストをひっくり返したギレスさんがほらね、と笑う。

無事目当ての書籍とコピーの束を手に入れられた私はギレスさんに心からお礼を言った。

「ありがとうございました、ギレスさん。おかげで教授に怒られずに済みそうです」

「どういたしまして。ついでに運ぶのを手伝いますよ。その量は重いでしょうから」

彼は断ろうとする隙を与えず、私の腕から分厚い本をサッと取り上げた。ちゃんと働いていないと怒られることを避けてか、一冊だけ残してくれるところも気遣いがあって優しい。ギレスさんはローゼンシュティール教授の講義を受けている学生さんの一人で、どういうわけか『旅人』で事務員をやっている私を気に掛けてくれている。

「ありがとうございます」

「どういたしまして。シノブさんも毎日大変ですね」

「ですねえ。でも楽しいです」

「楽しい？」

きょとんと首を傾げるギレスさんに私も同じように首を傾げる。

「楽しいんですよね、これが。毎日わかんないことだらけだし、怒られてばっかりですけど。わかんないってことは、まだまだできるようになるってことだから、かなあ」

「なるほど」

ギレスさんは鳶色の目を細めて微笑んだ。笑うと眼鏡越しのキツそうな目がたわんで子どもっぽい感じになる。和やかな空気のまま目的地に辿り着いた。

教授の研究室は講義室と続きになっていて、教壇脇の扉を開けると、奥に書斎机、片側の壁に備え付けられた本棚、作業台に応接セットのソファに黒板に……雑然としているはずなのにそう見えないのが不思議だ。

「失礼します」

ギレスさんと一緒に作業台の空いているスペースに荷物を置いて、黒板の前に引っ張ってきたアームチェアに脚を組んで座っている教授に声をかけた。何か呪文のようなものが書かれていて、それと睨めっこしている。彼はこちらを見ないまま作業机を指差した。

「メモのページにしおりを。それから年代順に並べておくように」

「メモ……」

指示されたメモを手に取ると、裏面まで細く小さな字でびっしりと書籍名とページ数が書かれている。そしてしおり代わりに使えというのか、細長く切った紙切れが山ほど置かれていた。

「わ、っかりましたぁ」

頰を引きつらせながら返事する。とりあえず手近な本から始めよう。

「手分けしてやりましょう」

「えっ」

しおりをひと摑み手に取って、ギレスさんはにっこり笑う。私が戸惑っていると彼はメモをのぞき込んできて言った。

「かなりの量ですし、こういうのは慣れている人間が手伝ったほうが早く終わりますよ」

そう話す間にしおりをひとつもう挟んでいる。

「あの、ありがとうございます」

「どういたしまして」

サラリと親切にしてくれるところもイケメンだなあ。心の中で後光が差してるギレスさんを拝みながら、作業を始める。

手伝ってくれたおかげでしおりは指定されたページに大体挟むことができた。

「あちらにも学院と似た場所があるんですね」

「そうですね。あっちでは、大学って言うんですけど。私も通ってました。ほとんど遊んでたみたいなものですけど……」

「遊ぶ？　学ぶ場所なのに？」

「えーと、授業は真面目に受けるんですけど、課外で色んな活動をやるんです。スポーツや、合唱やバンドとか文芸……文化教養、とか？　同好の士で集まって大会に参加したり、発表会をしたり、作品を展示したり、作品集を作ったり、活動内容は色々ですね」

サークル活動のことを説明するのってなかなか難しいな。指定されたしおりの場所もあと少しだ。手を止めないように気を付けながら、さらに続ける。

「他に、学園祭とかもありましたね。大学受験を考えてる人や大学のある地域の人も入れる、外部の人も楽しめるお祭りなんです。普段は閉じた空間の中で学生が何をやってるのかとか、自分が大学に入ってどんな学生生活をしたいかとか、理解してもらうイベントというか……屋台やったり、演劇や演奏披露したりとかやってたんですけど」

「それですよ、シノブさん！」

「へっ？」

　ちょうど最後のページにしおりを挟み終えたところで、ギレスさんにパッと両手を摑まれた。顔をあげると思ったより近いところに鼻先があってびっくりする。

「あの、ギレスさん、ち、近いです……」

「あ、す、すみませんっ」

ギレスさんは慌てたように手を離した。気まずい空気をなんとかするために口を開いた。

「学園祭が、どうかしましたか？」

「あ、ああ。シノブさん、さっき言ったじゃないですか。学園祭は、普段閉じた空間の中で学生が何をやってるのか理解してもらうイベントだと」

「はい」

「魔術科は、ここ数年人気がないんです。基礎魔術は私塾や家庭教師から習えるから、高度な魔術を学院で学ぶ意義は何なのか、疑問に思われることも多くて。場合によっては物好きの集まりのように言われることもあるんです」

「そうなんですね……」

お昼のテラスでの光景やユリアンとの話が頭に浮かぶ。ギレスさんはしおりを挟み終わった本を大事そうに撫でて頷いた。

「学生主導で、魔術の面白さを伝える行事を開催すれば、そういった人たちに魔術研究の意義を示せるのではないかと思うんです」

「できると思っているのか？」

突然低い声が割って入る。それまで黒板に熱烈視線を送っていた教授がこっちに顔を向けていた。椅子のひじ掛けに頬杖をついているだけの姿まで絵になる。

「どういうことですか？」

「仮にその学園祭とやらを開催するとして、具体的にどう計画する？」

「それは、僕たちで考えて……」

「学生主導であっても、魔術科の名前を使うなら教授全員の許可が必要になる。交渉は誰がやる？　開催日の調整はどうする？　施設はどこを使う？」

「それも、やります」

「そうか。だが何より、催しをするには予算が必要だ。あてはあるのか？」

「それは……」

ローゼンシュティール教授は表情ひとつ変えずに冷静に告げた。

「空想するだけなら誰でもできる。実行するには周到に計画する必要がある」

矢継ぎ早の指摘にギレスさんは気圧されて顎を引く。そんなに言わなくってもよくない？

私は作業台から身を乗り出した。

「ご指摘はもっともですけど、そんな風に切り捨てなくてもいいじゃないですか！　学生さんの自主性をもっと大事にしてくださいよ！」

「自主性？　計画や下調べもなしに行動させることが自主性だと？」

鼻で笑う陰険教授にさらにムッとする。

「きっかけはそうかもしれませんけど、失敗を繰り返して出来るようになりますよ」

「失敗しなければ学ばないのか？　それほど馬鹿なら学院で学んでも時間の無駄だろう」

「そりゃ教授は生まれた時から天上天下唯我独尊完璧人間かもしれませんけどね、普通の人は大怪我まではいかなくとも小さな躓きくらいは経験してるんですよ！」

言い募ると彼は首を振って長い脚を組み替えた。宝石のような青い瞳が一瞬鮮やかに光って私を睨みつける。

「なるほど。賢明だが世間知らずの学生を煽って失敗という貴重な経験をさせてやろうと？　だが彼らは他ならぬ魔術科の学生だ。彼らの失敗は我々教授の指導不足。責任を問われるのは私達だ。唆したどこかの事務員は何の責任にも問われず、何の行動も起こさず、ただ失敗した学生を憐れむだけで終わる」

ぐっと言葉に詰まった。悔しいけどその通りだ。拳を握りしめて、嫌味な教授の冷たい目を見つめ返す。でも魔術科の地位を向上させたいギレスさんの気持ちも間違っていない。

「じゃあ、私が責任を取ればいいんですね」

「シノブさん⁉」

ギレスさんが止めるように肩に手を置く。でも引き下がるなんて無理だった。

「手続きは私が全部調べて学生さんと一緒にやります。教授の許可も私が取ります。日程の調整？　施設の手配？　予算？　私が全部やりますから！」

　読み書きもやっと覚えたばかりの私には無理難題だとわかっていたけど、学生さんの意欲を削ぐあの冷た〜いローゼンシュティール教授の態度は見ていられなかった。あの冷血漢め。手続きが大変だぞ、くらいでやんわり済ませておけばいいのに、ズバズバ言わなきゃ気が済まないの？

「う〜っ、難しすぎるよ〜！」

「シノブ大変そうっすねえ」

　助手課のデスクに突っ伏した私を見下ろしながら、ユリアンが声をかけてきた。手元の書類を覗き込んできて、要項の多さにうわっと引いている。

「そうだ、ユリアン。教授方の賛成が欲しいから、ここに署名もらってきてくれる？」

「いいっすけど。オレがもらえそうなのは担当の半分くらいっすよ」

「えっ、なんでっ」

「ローゼンシュティール教授大嫌い派閥っす」

「大嫌い派閥……」

「以前言ったでしょう。ローゼンシュティール教授は呪文至上主義だって」

「テオさん」

ちょうど戻ってきたテオさんが私の隣のデスクに座りながら説明してくれた。

「魔術科は細かく専攻が分かれていますが、先生方の仲は悪くないんですよ。皆さん古い付き合い同士ですし」

「だいたいお年寄りばっかっすもんね」

「そこに新人の教授がやってきて、それも自分の四分の一の年齢。態度こそ悪いですが授業は学生に評判で、呪文の人気ばかり上がっているし、学生も儀式や魔法陣はもう古い、これからは呪文だ、なんて言い出したら……面白くないでしょう？」

「面白くないですね」

そんな過激なことやってたのかあの嫌味教授。納得して頷いた。

「最近では魔法陣専攻のヴュルツナー教授が派閥の筆頭ですね」

「一番の古株っす」

「彼はローゼンシュティール教授の師匠とも旧知の仲だそうですよ」

「師匠っていうと……」

「ヴァルヴァラ・アカトヴァです」

名前が出たとたんにユリアンは興奮気味に身を乗り出した。

「伝説のハーフエルフっすよね。ガキん頃よく母さんに聞かされましたよ」

「長い間旅して、世界に散らばっていた魔術を集めて再編させたのが彼女です」

そういえばここ異世界だった。ハーフエルフがいるとは。私は間抜けに半開きの口から感嘆の声を漏らした。あっ、いやいや、今はそんな惚けている場合じゃない。

「えーと、とにかくすごい人がローゼンシュティール教授の師匠なんですね。――……あれ？　でも、師匠が旧知の仲なら、その弟子ってヴュルツナー教授にとっても可愛いものじゃないんですか？」

テオさんは苦笑する。

「ローゼンシュティール教授はあの通りの人嫌いだから」

「ああ……可愛げゼロですもんね」

「今じゃ可愛さ余って憎さ百倍、と。そんなところでしょうか」

ネチネチ教授はあちこちに敵を作ってるらしい。自業自得というべきか。私もそんなひとりだけど、一方でそう憎めないと思っている部分もある。こうやって小難しい書類に気後れせずに向き合えるのも、ローゼンシュティール教授の嫌味に耐えて何度も書き直しを重ねた成果だ。でもそれを差し引いても、あの口の悪さでお釣りがきているんだけど。

二人に学園祭のことを相談すると、ユリアンが知り合いのツテを頼ってみてくれることになった。そういえば商科の出身で、この間の昼休みに商科はお祭り好きで学院でよく行事をやっていると聞いたな。騎士科も剣術大会を毎年大々的に人を集めて開催しているらしいけど、お祭りならば商科の行事のほうが参考になるかもしれない。予算も魔術科には剣術大会に該当する行事が今までなかったから、余剰分があるかもしれない。

それよりもまずは企画書と申請書類を一式そろえる必要がある。

「シノブさん、教授の賛成票、これだけ集まりましたよ」

授業後の後片付け中、ギレスさんが紙の束を手渡してくれた。かなりの厚みがある。どれも学園祭開催に賛成する署名の入ったものだ。

「えっ、こんなに？　どうやったんですか？」

チャラ人脈エベレスト級のユリアンでも担当教授の半数しかもらえなかったのに。それも根暗教授大嫌い派閥の人の名前もチラホラとある。驚いて訊ねると、ギレスさんは茶目っ気たっぷりにウィンクした。

「こう見えて僕、人望があるんですよ」

「すごい！」

人によっては嫌味に聞こえるセリフなのに、爽やかにさえ感じる。思わず拍手で称えた。

「書類ももう出来上がりそうなんです。こんなにトントン拍子に進んじゃっていいのかな」

「シノブさんが僕たちのために一生懸命になってくれているから、僕らもできることをしないと」

ギレスさんの手が労るように私の肩を優しく叩いた。じんわりと心にしみて、ちょっと泣きそうになって慌てて顔を上げた。

「残りも仕上げて、ルートヴィヒ様に交渉してきちゃいますね！」

「頑張ってください」

ガッツポーズをして、私は助手課へ駆けていった。

それからユリアンが商科の事務員仲間から入手したイベントの書類を参考に、辞書片手に学園祭の企画書、申請書を一気にまとめた。テオさんのチェックも入ったので不備はないはず。

私は意気込んで事務棟の中央に置かれた転移の石板までやってきた。学院の理事長である領主様に急ぎ判断を仰ぎたい用件があるときに、魔術で造られたこの石板を使って領館まで転移する。

事務棟の中央は広場になっていて、王国の信仰する女神様と精霊の像がポーズをとっている。転移の石板はその真ん中の女神様が手にしてこちらに向かって差し出していた。石板には文字が彫られていて、決まった言葉を指でなぞる。辺りがまばゆく光り始めて、ふわっと身体が宙に浮く感覚がする。目も開けていられないほど光った一瞬後には目の前の景色は変わっていた。石造りの床やアーチの柱はない。磨きこまれて艶を帯びた床に、高い天井には魔術できらめくシャンデリアが下がっている。大きな花瓶には華やかに飾られた花。領主様の館のエントランスホールだ。来客に館の使用人がこちらにやってきたので、名前と用件を伝える。前もってテオさんが伝えておいてくれたから、すんなりと領主の執務室へと案内された。

重々しい両開きの扉の向こうには、久しぶりにお目にかかる領主のルートヴィヒ様がいた。

金色の髪に同じ色のカールした睫毛に囲まれた碧眼。長い髪をベルベットのリボンでまとめて、背中に流している。白い顔の中心に、まっすぐな鼻筋に少し厚めの唇。仕立てのいいシャツにすんなりしていながら男らしい線の身体を包んでいる。見目麗しいけど、今日はどんよりした顔つきと空気できらきらしさが半減している。

「やあ、シノブ。久しぶりだね」

ルートヴィヒ様は私に気付くと頬を緩めた。森で初めて会った時こそ美男ぶりにドキドキしていたけど、いつ来ても書類に囲まれて死にそうになっているので最近は体調の心配しかない。まあ執事さんも使用人さんたちも優秀らしいから、ちゃんと睡眠も食事も摂ってるだろうけど。たぶん忙しいのは、領主と学院の理事長の二足の草鞋を履いているからだ。

「お久しぶりです、領主様」

「ルートヴィヒでいいって言ってるだろう？　肩が凝るのはこいつ相手だけでいいよ」

一枚の紙を片手に彼はグルグル肩を回した。

「申し訳ないですけど、その肩の凝るやつを追加で持ってきたんです……」

「君が？」

ルートヴィヒ様が意外そうに目を見開いた。興味がわいたのか差し出してきた手にははーっと書類を手渡す。

「お目通ししてもらえると助かります。魔術科で、学生主導の行事を考えてるんです」

「へえ……これ、君が書いたの？」

「拙いとは重々、承知の上です」

しばらく紙をめくる音だけが部屋に響いた。自分の肩が強張っているのがわかる。意識してゆっくりと息を吐いた。最後のページを読み終えた領主様は感心したように唸った。

「よく出来てるね。しっかり鍛えられたらしい」

「はい、テオさんと……特にローゼンシュティール教授にはこってりやられました」

私の口ぶりが可笑しかったらしい、ルートヴィヒ様はふふっと笑った。

「感心感心。私も領主としてはまだまだ若いから、役に立たない人間の面倒を見てあげられるほどの余裕はないからね。しっかり学んでいるようで安心したよ。これなら真冬に食い扶持を増やすために放り出す必要もなさそうだ」

「は、ははは……頑張ります」

表情こそにこやかだけど、目は鋭く光っていた。冷汗が止まらないのを我慢しながら、愛想笑いをする。

「あいつ、言い方はきついけど間違ったことは言わないから」

「あいつ？」

「エメリヒのことだよ。君の担当教授」

「ああ……でもですね、もうちょっと言い方ってものがあるでしょう？」

「それが出来ないのがエメリヒだよ」

手のかかる弟みたいな言い方だ。

「書類、直すところはあるけど、問題はないよ。こちらとしてはね。予算も何とかなる。ただ、教授たちの賛同が得られなければ理事としては許可が出せないな」

「署名が集まればいいんですね？」

「ああ」

胸の前でキュッと拳を握った。署名もあともう少しだ。

「話は変わるけど。基礎魔術のこと、エメリヒから聞いたかい？」

領主様の話題転換にちょっと気まずくなって肩をすくめる。

「あの、えーと……はい」

「その顔だと、エメリヒが教師役になるのに納得してない？」

「はい。他の人ではダメなんですか？」

疑問を投げかけると、ルートヴィヒ様は眉尻を下げて目を細める。

「エメリヒはね、子どもの頃から大きな魔力を持っていたんだ」

「はあ……」

どうしてここでそんな話が出るのか。ついていけずに首を傾げる私をよそに、彼は書斎机の上で両手を組み、遠くを見る目をした。

「魔術を習い始めてすぐに、力が暴走した。生まれ持ったもので、彼のせいではない。でも、暴発に巻き込まれて家族が……姉君が怪我を負ってね」

「あの……そんなプライベートなこと、私が聞いてもいいんですか？」

デリケートな話だ。いくら憎きローゼンシュティール教授でも、赤の他人の私に知られていいはずはないだろう。そう思っていたのに、ルートヴィヒ様は小さく首を振る。

「エメリヒが君は知る必要があると言ったんだ。あいつはその後、ヴァルヴァラ・アカトヴァという人の弟子になった。家を出て修業の旅をしているうちにだいぶ可愛くない仕上がりになったけどね」

「ローゼンシュティール教授が教えれば、私が魔力を暴走させることはないんですか？」

「コントロールの仕方を彼は知っている。君と、君の周囲、この領地の安全のためにも、教師役は彼が適任だ」

「……」

思ったよりも自分が持つという力の重大さに戸惑ってしまう。それに、間違ったことは言わないとしても嫌味ったらしい教授から教わらなければならないなんて、まだ踏ん切りがつかない。

「まあ、君の気持ちもわかるよ。猶予はあまりないけど、よく考えて。気持ちが固まったら言ってくれ」

「はい……」

「署名を取り消しって、どういうこと!?」

バン！　と思わずデスクを叩いてしまった。びっくりするユリアンにハッとして手を引っ込める。テオさんは取り消しですっかり減った署名を手に取った。

「しかもほとんど全員……。何があったの？」

「ヴュルツナー教授が本気で反対し始めたんですよ。教授たちに働きかけた」

「あの教授は魔術科のドンみたいなもんっすもんねえ」

「私、直接話してきます！」

「あっ、ちょっと！」

「シノブさん！」

二人が呼び止める声も聞こえず、書類一式を抱えて塔を駆け上った。

ゴットホルト・ヴュルツナー教授は、口元の丁寧に切りそろえられた白いお髭と突き出たお腹がチャームポイントのおじいさんだ。ユリアンと楽しそうに談笑しているところを見かけたことはあるが、面と向かって話したことは一度もない。

「失礼します。ヴュルツナー教授はいらっしゃいますか？」

教授の研究室を訪ねると、お弟子さんが出迎えた。ローゼンシュティール教授のように弟子を持たずに研究に没頭する人のほうが珍しく、普通は何人かお弟子さんをとって自分の身の回りのことを手伝わせながら研究に専念する。少なくても一人か二人は弟子をとるものらしい。

「……どちら様ですか？」

少し上を向いた鼻が特徴的な、ひょろりとした男の子だ。ちろりと爬虫類のような目つきでこちらを見ると、捲っていた袖を戻しながら訊ねられた。何かの下ごしらえをしていたようだ。

「助手課の事務員のシノブといいます。お伺いしたいことがありまして」

「……お待ちください。教授に確認してきます」

お弟子さんは私が入ってきたのと別の扉をくぐった。ここは研究室とは別に教授の私的な部屋がある造りになっているらしい。

結構な時間を待った後、出てきたお弟子さんは何の感情も読めない顔で頭を下げた。

「教授は今お忙しいので、お帰りください」

「あの、お仕事がお忙しいのなら、お暇になる時間にお伺いします」

「さあ……ボクにはわかりかねますし、教授はいつもお忙しい方なので」

「大事なお話なんです」

「申し訳ありません。お帰りください」

冷たい返事だ。もうこれ以上は相手をする気がないと背中を向け、彼はまた作業をするべく袖を捲る。ユリアンと談笑していた教授の様子とはまるで違う対応だった。ここで引き下がるなんてできない。私はお弟子さんの横をすり抜けて私室のドアに突撃した。

「っ、お待ちください！」

「失礼します！」

後ろから服を引っ張られながら、勢いよく扉を開ける。中には白い髭を鼻の下に蓄えたおじいさんが一人、ソファにくつろいで本を読んでいた。とても忙しいようには見えないが、研究の下調べかもしれないし、そこはどうでもいい。

「お忙しいところ失礼します。ローゼンシュティール教授担当のシノブといいます。ヴュルツナー教授にお願いしたいことがあってきました！」

ヴュルツナー教授はこちらを見るとにっこりと人好きのする顔をした。

「おやおや、ローゼンシュティールの若造は担当に礼儀も教えていないらしい」

遠巻きに抱いていた印象とは全く違った。突き出たお腹を揺らしながら、ヒゲぽちゃ教授は嫌味っぽく笑う。

「……失礼は承知の上で参りました」

「これ以上どんな無礼を受けるのか見ものだな」

ヒゲ教授はお弟子さんに合図した。私の服を引っ張っていた手が離れ、お弟子さんは教授の後ろに立つ。

「あの若造は、呪文に傾倒するあまり、我々魔術師がどういうものか忘れているようだがね。本来魔術は呪文や魔法陣などの複雑な要素が絡み合って成り立っている。困るんだよ。彼の授業を受けた生徒には、アレに影響されて、魔法陣や儀式を低く見る連中もいるんだ」

「はあ……それは、大変ですね……」

ヴュルツナー教授は滔々とローゼンシュティール教授への文句を語り始める。ヴュルツナー教授の専攻は魔法陣だ。積もる憎しみがあるのだろう。気持ちはめっちゃわかる。あいつの自分が正しい大正義俺様頭いいんだぞ俺以外みんな馬鹿で間抜けみたいな態度めっちゃ腹立つよね。つい気持ちが入ってしまい、扉の横に立ったままうんうん頷いて、ヒゲぽちゃ教授の長い愚痴を聞いた。

「あの若造は呪文こそが至上だとでも言いたげに我が物顔で振る舞うがね、我々が長年築き上げてきた教授間の連帯や生徒からの信頼を簡単に崩して喜んでいるだけの愚か者だよ」

「はい……お気持ち、大っっっ変、よぉくわかります」

実感を込めて深く深く頷くと、ヴュルツナー教授はやっと険のある態度を和らげてくれた。

「君もアレに苦労しているようだね。ところで、君の用とは何かな？」

「はい。学生たちが主催する学園祭について、署名をいただきたくて参りました」

「彼らはローゼンシュティール教授の信奉者です！」

お弟子さんがムッとして声を荒らげる。

「呪文ばかり褒めそやして魔法陣の講義は真面目に聞きもしない。魔術科の地位を上げるためだとかいう大層な名目があるようですが、彼らにまともな運営が出来るとは思えませんね」

「やめなさい、カミル」

窘められて彼はぷいとそっぽを向いた。ヴュルツナー教授は鼻の下の髭を少し撫でて、こちらに向かってにっこり笑った。

「君、シノブくんと言ったね？」

「はい」

「シノブくん。私はローゼンシュティール教授が嫌いだ。それに流行りだなんだと学問に順位を付けて粗末に扱う学生にもうんざりしている。よって、その書類に署名するのはお断りするし、他の教授たちにも私の意見をはっきりと主張させてもらう」

ものすごくいい笑顔で答えるヴュルツナー教授の意志は固かった。それからどう交渉しようとも、彼が頷いてくれることはなかった。

結果惨敗した私は、助手課に戻ることもできなかった。持ってきていた書類一式をギュッと抱え直す。悔しくて、悔しくてしょうがない。辞書片手に一生懸命書いた申請書も、学生さんたちとどんな催しがいいか話し合った企画書も、一瞬で無駄になってしまった。ローゼンシュティール教授のせいで。あの人が他の教授に喧嘩を売るような言動をしなければ。ギレスさんやテオさん、ユリアンに合わせる顔がなかった。あんなに色々協力してくれたのに、これじゃどうやっても学園祭が実施できない。

「げっ……」

無意識に歩いて、通いなれたネチネチ教授の講義室の前まで辿り着いてしまった。どうしてよりによってここなんだ！　引き返そうと思っていたら扉が開いた。

「何をしている？」

「い、いえ。もう講義が終わったころかなーと思いまして……」

「もうとっくに終わっている。片付けがまだ終わっていないから手伝え」

「……はい」

翌朝。気持ちを入れ替えて働こうと塔に向かうと、学生さんたちが慌ただしく階段や廊下を走っていく。どうしたのかと思っていると、切れ切れの会話が耳に入ってきた。

「決闘だってさ！」

「しかもあの教授だろ⁉　こんなの滅多に見られないぞ！」

「急げ！」

行き先は実技演習で使われるホールみたいだ。決闘なんて物騒なこと、止めたほうがいいんじゃないだろうか。一度助手課に戻って誰かに報告するべきか悩んでいると、ホールの見物に来た人ごみの中にユリアンを見つけた。あっちも私に気付いておーいと呑気に手を振る。

「何があったの？」

「よくわかんないっすけど、教授同士の決闘っす」

「教授同士？」

「ヴュルツナー教授とローゼンシュティール教授っす」

「えっ⁉」

背伸びして人の垣根の隙間から見れば、本当にあの見慣れた黒ずくめの姿が立っている。白を基調にしたヒゲぽちゃ教授と対峙する姿は色彩も相まってくっきりとしたコントラストを描いていた。滅多なことじゃ研究室から出ないあの根暗人間が、何があってこんなことをしているんだろう？

「古式ゆかしく、どちらかが降参と言うまで勝敗は決しないこととする」

「野蛮ですが、わかりやすい方法ですな」

ヴュルツナー教授がお髭を撫でながら宣言するのにローゼンシュティール教授は渋々といっ

た様子で頷いた。

「敗者は勝者の要求を受け入れる。どんなことであっても。――それでよろしいかな？」

「異論はありません。私が勝てば、署名を」

その言葉に、何人かの学生がざわついた。ここ最近で署名と言えば、学園祭開催を賛成する署名に他ならない。私は眉をひそめた。ああだこうだと難癖を付けるだけで、手伝ってもくれなかったのに、どうして今更？

「私は君に、教授職を辞するように要求する！」

ざわついていた観衆がさらに動揺する。学園祭に賛同する署名とは不釣り合いな条件だ。ヴュルツナー教授がそこまでローゼンシュティール教授を嫌っていたとは。ローゼンシュティール教授は眉ひとつ動かすことなくすんなり頷いた。

二人の魔術師は互いに背を向けて歩き出した。立会人を買って出たらしいギレスさんと、ヴュルツナー教授のお弟子さんのカミルが歩数を数える。

「十歩目で振り返って戦闘開始っす」

八、九……十。白と黒のローブが翻ると同時に、強い風が吹き荒れた。ヴュルツナー教授の袖から小さな白い鳥が無数に飛び出す。よく目を凝らすと、白い紙で作られただけのものだとわかる。

「ヴュルツナー教授お得意の陣札だ！」

「あれは風の魔術か？」

紙の鳥は群れになって一斉にローゼンシュティール教授に飛び掛かった。顔をかばって前に出した腕を黒いローブごと切り裂く。無数の切り傷が教授の白い手の甲に広がっていく。防ぎきれずに、頬に一文字の血の筋が浮かび上がった。興奮した学生の喚声があちこちで反響する。

「あれだけの数、卑怯じゃないか？」

「バカ、魔術師の戦いは戦う前から始まってるんだよ。ヴュルツナー教授は得意の魔法陣を常日頃ストックしてるんだ」

ローゼンシュティール教授の黒い姿が見えなくなるほど、白い紙の鳥が彼を取り巻いて物凄い速さで飛び交っている。もうただの切り傷では済まなくなる。うるさい人垣を押しのけて割って入ろうかと思った時、巨大な炎の柱が燃え上がった。

灰になった紙がはらはらと落ちていく。

その中心には平然とした顔のエメリヒ・ローゼンシュティールが立っていた。彼はすました顔でほつれた黒絹の髪を鬱陶しそうにかきあげる。

「やはり紙の魔法陣は強度が問題になってくる」

ふむ、と考え込む呟きが聞き取れるほどホールは静まり返った。それから、ドッと周囲が沸き立つ。

「今の呪文は何だ!?」

「聞こえなかったぞ！」

「あの炎の大きさ、見たか⁉」

皆、口々に自分の目にしたものを語り始めた。

「むう……参った、降参だ」

「約束通り、署名していただきます」

口惜し気にヴュルツナー教授が唸った。私は呆然として根暗教授を見つめた。まさか、本当に勝つなんて。

ローゼンシュティール教授は長い脚で一気に距離を詰めて、姿勢を正した。

「私は少々、人嫌いだと自覚しています。それで勘違いされることも一度や二度じゃない」

「少々どころじゃなく付き合いの悪い若造だよ、君は」

「申し訳ありません。喜怒哀楽の激しい人間よりも、泰然と変わらずある書物のほうが、心穏やかにいられるもので」

「研究室に引きこもって魔術と戯れていては、見えんものもあるのだぞ」

「おっしゃる通りです。ですから、こうして今回は確かめに来たのです」

ローゼンシュティール教授は青白い顔を引き締めて、ぐるりと辺りを見回した。

「……これほど多くの人間が、ここにはいる。考えていることも様々です。何人もの口を介すれば歪んで伝わってしまう。理解しようとするならば、面と向かって話し合わねば」

「ほう?」

　ヴュルツナー教授が髭をつまむ。再び向き合ったローゼンシュティール教授は青い目で相手を見据えた。

「金属板に書き付けた魔法陣もあったはずです。燃えないように保護をかけた陣札も。おかげで軽症で済みました」

「何のことかな?」

　髭をねじりながらとぼける老教授に、彼は口元を緩めた。

「私が呪文に傾倒しているのは、深い興味を持ったのが呪文だったからです。だから呪文を専攻した。ヴュルツナー教授もそうでしょう?」

「なるほど、至上主義を担いではおらんのだな?」

「日夜研究に没頭しているだけですが、そう取られるのは心外です。魔法陣の奥深さ、美しさは私もよく知るところです」

「そうかね」

「我が師ヴァルヴァラ・アカトヴァからも、魔法陣にかけてはヴュルツナー教授の知識欲と探究心にはかなわないとよく聞かされていました」

「うむ。そうかね。そうかね」

　目に見えてヴュルツナー教授の態度が軟化したのがわかった。まだ髭をねじっているけど、表情は柔らかい。

「私も勘違いしていたようだ。君のような若者が教授になるくらいだ、魔術を構成する要素の奥妙さをよく理解している」

「教授に比べればまだまだです」

私はポカンと口を開けた。ローゼンシュティール教授がお世辞を言えないことくらいわかっている。心から本当にそう思って謙遜していることに驚かされた。突然の人間らしい振る舞いに、どんな心境の変化があったのだろう。

二人はどちらからともなく握手して、あの学園祭開催に賛成する書類に署名した。その瞬間を見守った学生たちは快哉を叫び、あっという間に塔中の人の知るところとなった。

そうなると、日和見していた教授たちもその日のうちに意見を変えて、ほぼ全員分の署名が集まった。

「失礼します」

一日の講義の終わったローゼンシュティール教授の講義室は静まり返っていた。散らかっていたいくつかの机を片付けて、教壇の上に出しっぱなしになっている水晶を布にくるんで足元の箱にしまった。ここに誰もいないということは、教授は研究室のほうだろうか。

ノックをして中に入ると、思った通り彼はそこにいた。肘掛け椅子に沈み込むように座り、揃いのオットマンに長い脚をのせている。憎らしいほどスタイルがいい。遠目でもわかるほど顔色が青白い。

「あの、ありがとうございました」

「ああ……」

教授は緩慢に顔を上げて頷いた。シャープなラインを描く頬に傷跡が痛々しい。

「手当て、もうしました？」

「これぐらい、放っておいても治る」

「ダメですよ！　小さな傷でも馬鹿にできませんからね。ばい菌が入ったら大変です」

どこかで見かけたはずの消毒液とガーゼを捜して見つけ出し、作業台の下の丸椅子を引っ張ってきて隣に腰掛けた。

「腕と、顔と、他はどこですか？」

「……ローブで隠れていて助かった」

「そうですか、よかった」

壁のフックに掛けられたローブを見れば、可哀想なぐらいボロボロになっている。持ち主の代わりに犠牲になってくれたんだ。消毒液を多めにガーゼを湿らせて、頬の傷を覆うように押さえる。

「ッ」

「あ、痛かったですか？」

「そっとやれ、馬鹿者」

「すみません」

今度は痛くないように慎重に押さえた。近くで見るときめが細かくて綺麗な肌だ。女の子でもなかなかいないぞ。横から見ると、鼻筋のまっすぐさがよくわかる。睫毛も長いし、本当に整ってる人だ。まじまじと観察していると、少し薄めの唇がゆっくりと動いた。

「私を嫌ってるんじゃないのか、お前は」

なんだか子どもっぽい言い方だ。ある程度大人になってきたら、好きじゃない人ともそこそこに付き合う。教授になるほど賢い人が、そういう処世術を知らずに育ったみたいな考え方だ。

ふっと肩の力が抜けた。

「世の中にはもっと嫌な人がいっぱいいますよ。教授みたいな人は可愛いもんです」

「何だと？」

「でもムカついてはいました。だって間違ったこと言わないし。知ってます？　正しいことってめちゃくちゃ歯がゆいんですよ。融通がきかないし、視野も狭い。正しいことで自分は動けても、他人は動いてくれない」

上手くいかなかった就職活動、どうしてなのかちょっとわかってきた気がする。あの頃の私は就職がゴールだと思って正しく振る舞わなければと思っていた。でも、あそこはゴールじゃなくて、生身の人間がたくさん働いている場所なんだ。

「今日の教授はかっこよかったです」

あれほどいがみ合った相手なのに、スルリと誉め言葉が出た。まだ青い顔の教授は青い目をこちらに向けて、何か言いたげに唇を開いて、また閉じた。

「お前は、よく頑張っている」

どこかぎこちないしゃべり方でぽつりとこぼす。目を合わせようとすると逸らされた。座ったまま反対隣の書斎机の上から紙の束を摑んで、差し出してくる。

「これは……」

「わざと忘れていったんじゃないのか?」

「ち、違いますよっ!」

「だろうな」

教授がフッと口角を上げて——笑った!? 初めて嘲笑以外の教授の笑みを見てしまったかもしれない。あまりの衝撃にぎくしゃくしながら、昨日失くしたと思っていた学園祭の書類を受け取る。

「見も知らぬ文字や言葉を勉強して、たった数ヶ月で身に付けた。企画書や申請書まで書きこなすようになった。お前を慕う学生は多い。全部お前の努力の成果だ」

指の長い大きな手が怖々頭を撫でた。いつもなら他人のことなんか褒めもしない癖に、今日はやけにしおらしいじゃないか。

まとめた髪が崩れる不器用な手つきに、何だか悔しくなった。

ギレスさんやテオさんたちがいつも助けてくれるのとは全く真逆で、ローゼンシュティール教授は嫌なことばかり突き付けてくる。できないこと、知らないこと、わからないこと……無知だの馬鹿だの言われて腹を立てている間に、いくつかできることが増えた。知ることも増えた。考え方も変わった。

気付かないうちに、教えられていた。読み書きだってユリアンやテオさんに頑張っていると褒められるほど成長したのは、教授がいつも細かく指摘してきたからだ。私の居場所を少しずつ広げてくれた。

優しくなんかない、全然ない。でも、彼の厳しい言葉は、道標のように、気が付いたら私を導いてくれている。

この現象をなんと呼んだらいいのか、彼は何がしたいのか、少しも読めない、わからない。でも、他の人相手ならこう疑っただろう。「きっと私が『旅人』だから優しくしてくれているんだ」――エメリヒ・ローゼンシュティールは違う。彼に憐れみはない。優しさも、思いやりもない。その代わりに、正しい。

私は背筋を正して彼をまっすぐに見た。ローゼンシュティール教授の宝石みたいな無垢な目が私を捉える。

「教授。——基礎魔術、私に教えてください」

脈絡のない私の頼みに、教授は面白いぐらい不意を衝かれた顔をした。

二章　基礎魔術と学園祭

　それから数日経って。週に二日、授業が終わり仕事もいち段落した夕方から。

　夏も真っ盛りに差し掛かるころ、私の基礎魔術の授業は始まった。

　講堂は広すぎるので教授の研究室の作業台を机代わりに、私はローゼンシュティール教授の斜向かいに座った。

「魔術とは、火・水・風・土の四要素の精霊をコントロールする術のことだ」

「四要素……」

　研究室に置かれた黒板に教授の言葉が書き込まれていく。

「魔術は四要素に基づいている。誰にも覆せない法則だ」

「覆せない？」

　教授の長い指先が作業台の上をコツコツと叩いた。

「火と風、土や水のように要素同士を複雑に組み合わせることは可能だが、万能ではないということだ。例えば、傷を癒したり、死んだ人間を生き返らせることは不可能だ」

「治癒って、魔術があるなら簡単にできそうなのに」

「古代の魔術書にはそういう記述もあった。四要素の精霊以外の力、女神の力を借りられる者だけが使える魔術だと。だが時代とともに忘れ去られた……。現在では治癒魔術は禁忌とされている。魔術師の中には、失われた魔術を蘇らせようと試みる者もいたが、――治癒には何が必要だ？」

青い目が鋭く光った気がして、椅子の上で背筋を正す。

「え、と……怪我をした人？……人体実験が必要、ってことですか？」

「そうだ。治癒魔術については、今は法律で厳しく管理されている」

「なるほど……」

魔術も万能ではないということは『塔』の教授や学生さんたちが日々研究に励む姿を見てなんとなく察していた。でも禁止されていることがあるということは、悪用を避けたいほどに有用な側面もたくさんあるということだ。

「治癒や複合魔術の前に、お前が学ぶべきは基礎魔術だ。四要素の初級呪文も使えぬようでは、高等魔術を使おうなどとは話にならん」

「それなら、早く初級呪文とやらの授業を始めてくださいよ」

鼻を鳴らして馬鹿にする教授にムッとして唇を曲げて睨みつける。今から教わろうとしている人間の意欲を削ぐのは大変良くない態度だ。

そんな私の文句にも何食わぬ顔で、エメリヒ・ローゼンシュティール教授による基礎魔術の授業は始まった。

「まずはじめに言っておく。私は呪文構築専攻だからだが、魔術の答えは己のうちには絶対にない」

最初の授業でローゼンシュティール教授が何を言い出すのかと思えば、そんな言葉だった。

「『己のうちにはない？』」

「そうだ。高等魔術になればまた別の物になるが、基礎魔術は――この中にのみ、答えがある」

そう言って彼が手に取ったのは一冊の分厚い本だった。角で人の頭を殴れば殺せる武器になりそうな重量がある。それをドンと私の目の前に投げ出す。ふわりと古い本特有の匂いが漂った。私は表紙の文字を目でなぞる。

「『基本、じゅもん……集』」

「開いてみろ。九ページ三行目から」

指示されるまま、表紙をめくり、目次をすっ飛ばしてページをめくる。九ページには綺麗な印刷文字が並んでいた。並びから見てどうも詩のようだ。

「『風の精……よ？　来たりてここ……に、あそべ。我の、髪……を、揺らせ？　木の葉、……を、揺らせ？』」

「下手くそ。もっと滑らかに読めないのか」

「う」

「正しく読むならこうだ。

――『風の精よ、来たりてここに遊べ

我の髪を揺らせ、木の葉を揺らせ

自由を愛する者よ、束の間ここに緑の風を吹かせ』」

教授が暗誦し終わった瞬間、ふわりと彼の黒絹の髪が揺れ、ローブがはためく。私は目を見開いた。初めて魔術の仕組みを目の当たりにした。助手課の人も学生さんも何気なく皆使っているが、あまりに当たり前のように使うのでこうやって観察する間がないのだ。

「で、でも、テオさんたちはこんなに長い暗誦してないですよ？」

「そうだ。よく見ているな」

「えっ！　ど、どうも……」

あの教授が褒めた！　私は挙動不審にお礼を言った。

目の前の生徒の動揺に気付かず、ローゼンシュティール教授は説明を続ける。

「呪文構築とは言うが、今現在、我々が魔術を使う際にやっていることは呪文殺しだ」

「スペルキリング？」

「そうだ。例えばさっきの一節。省略形はこうだ。――『来たりてここに遊べ』」

言うが早いか、再び黒髪が舞い上がった。ローブの裾を翻しながら、教授は真面目な顔で黒板に向かい、詩の全文を書き綴る。その様子が心なしかいきいきして見えた。

「上級者ならもっと短くなる『ここに遊べ』――もっと短く『遊べ』で発動することもある。『揺らせ』『吹かせ』で発動する例もある。微妙な抑揚の調節が必要になるが……」

ああ、小難しいことが始まった。これは授業を忘れているな。私は生徒らしく右手をまっすぐ上にあげた。

「あの、あの、短くできるのはわかりました！　でも省略してるのにどうして魔術が発動するんですか？」

複雑な論理展開をピタリとやめて、教授は秀麗な顔を私のほうに向ける。

「それだ。我々には皆、生まれ持った魔力がある。呪文は魔力という火種を燃やすための薪のようなものだ。そして、火、水、風、土の四要素を精霊から借りて発動させるのだが、精霊によって好む詩句や抑揚、リズムが違う。その好みを把握することで短縮が可能になる」

「はあ……」

わかったようなわからないような。つまり魔力がマッチとして、精霊の力を借りて燃やすために呪文や魔法陣を使ってキャンプファイヤーのように安定させる、って感じだろうか。

「普通の人間はそれでいいが、我々魔力の多い人間は精霊に好かれやすい。短縮呪文とは相性が悪いんだ」

「相性が悪い？」

「試しにさっきの微風呪文を言ってみるといい。『ここに遊べ』」

教授が言うとまた髪が揺れる。マジでサラサラだし、なんか少女漫画とかでイケメンにこういう効果付くよね。言われるがまま私も復誦した。

「『ここに遊べ』」

ふわりと何かが前髪を巻き上げ、額の辺りを吹き抜けていった。

風だ！　教授のときは微風で終わったそれは、私を中心にしてちょっとした旋風を起こした。分厚い教科書のページをバラバラとはためかせ、書斎机のインク壺が倒れて中のインクが黒々と机の上を汚す。風は窓際にかかっていたカーテンのタッセルを外して激しくはためかせ、作業台に置かれていた提出済みのレポートの山を巻き上げて姿を消した。

「……」

「……」

「……」

「す、すみませぇぇぇえんっっ!!」

「と、こうなる。予想していたよりも大きいな」

私が土下座するのと教授が何か言うのが同時だった。

「は、はい？」

恐る恐る顔を上げると、思案気に顎をつまんでいる教授がいた。さっきの風に一緒に巻き込まれたはずなのに、長い髪はほつれひとつない。広い肩でサラリと流れて、彼の動きに合わせて流れ落ちた。教授は近づいてくると、土下座スタイルの私の前にしゃがみこんだ。

「興味深い。精霊に好かれているにしても私のとき以上だな」

「はあ」

「すべての精霊がこうなのか？　それとも風の精だけなのか、調べる必要があるな。まずは強度の弱い呪文からひとつずつ試すとして……」

「あのー」

「何だ？」

私をのぞき込みながら自分の世界に入ってるのかと思ったら、返事をされた。私はぐるりと研究室の中を見回した。書類も机も、色々ぐちゃぐちゃである。

「まずは、片付けませんか？」

「それで、最初の授業は片付けで終わったんですか？」

テオさんは苦笑する。翌日、休憩中の世間話に初めての基礎魔術の授業の感想を聞かれて話すと、ユリアンも向かいから身を乗り出して耳を傾けた。

ちなみに商科は魔術の授業はないらしい。基礎魔術は学院に入る前に教わるものらしく、貴族は家庭教師、商家や平民は私塾、貴族でも経済的な理由で家庭教師を雇えないところもあり、そういう場合はまず私塾に通って、魔術師の素養があるとわかれば早くからローゼンシュティール教授やヴュルツナー教授の様な魔術師に弟子入りするらしい。

授業の終わりに教授から言われたことをふと思い出す。

「魔力の多い人間は、精霊の気配を感じ取って魔力のコントロールを覚えなければならない」

「精霊の……気配？」

さっぱりわからなかった。何せ科学文明の発達した世界からやってきたから、精霊なんて目に見えないし、ピンと来ない。首を傾げる私に、教授はひとつ頷いた。

「感覚を教えたほうが手っ取り早い。手を貸せ」

そう言って手が差し出された。何度見ても指が細長くて大きな手だ。整った容姿の中で突然男らしさを感じさせられて戸惑うパーツだ。

「ボーッとするな。貸せ」

「は、はい」

急かされるままに手を摑む。繊細そうなのに意外とごつごつしていて、私の手なんか簡単に握りつぶせそうだ。ドキリとする。

「私から魔力を流して誘導する。集中して感じ取れ」

「感じ取れって言ったって……」

「黙れ。集中しろ」

「はい……」

そんな感覚的なことでわかるかと思っていたけど、変化はすぐだった。繋がった手のひらからパチパチと静電気のようなものが駆け抜けたかと思ったら、目の前がチカチカする。小さな光の塊が辺りをふわふわと漂っていて、いくつかが教授と私の周りにくっつこうと纏わりついている。赤、青に緑、黒に金色。

「あの……」

「見えたか？」

「はい。光が……赤と、青、緑、黒と、あと、金色の……」

「金色？」

教授の目が見開かれた。何を驚いているのかわからなくておずおずと頷くと、彼は考え込むように手を口元に当てる。

「金色……なるほど、それが……」

「あの、教授。これが精霊、ですか？」

「おそらくは。金色は僕は見たことがない」

「見たことがない？」

「それが、『旅人』だけが使える特別な加護ということかもしれないな」

「特別な加護……」

「可能性の話だ。だが、まずは精霊について知っておくことが先決だ」

話題を変えるために、教授は白い指先を宙に伸ばした。集中して観察すると、赤い光が爪の先にくっついて、ポッと燃え上がる。マッチ棒の先に灯るくらいの大きさの火だ。教授は慣れたように指を振って火を消す。

「精霊は魔力を好んで寄り付く。精霊は魔力をただ食らうだけだ。普通の人間ならば、精霊がよりついてもつまみ食いできるほど魔力を垂れ流してはいない。だが、僕やお前は魔力が多すぎるがゆえに、抑えなければならない。……暴走して、周囲の人間を傷つけたくなければな」

「……あの、教授。すみません、私、ルートヴィヒ様から……」

「僕が話していいと言った」

それ以上は聞けなかった。話していいと言いながら、教授の顔は少し強張っていた気がする。不用意に立ち入れば壊れてしまいそうな、脆くて不安定な感じがした。

ともあれ、精霊が魔力を啄もうとするのを拒むように意識することが魔力のコントロールになるらしい。精霊の存在が感覚でわかるようになった今はとりあえず安心だけど、呪文を唱えればやっぱり昨日の授業みたいになることもあるから、今後もローゼンシュティール教授から習う必要がある。魔術に関しては真面目に教えてくれてるけど、いつ毒舌が飛び出るかでこっちはヒヤヒヤしちゃうんだよな。

「それにしても、面白いっすね。オレたちが習ったのと全然違うっす」

「え、違うの？」

「違いますよ～。ローゼンシュティール教授、貴族っすから、私塾と教わるものが違うっす」

「まあ、どこで習うかの違いですね」

テオさんも同意するように頷いた。二人は商家の次男坊で境遇が似ていて、年齢も離れているし性格も違うのに意外と仲が良い。

「え、どう違うんですか？」

「まず呪文自体が違いますね。私達は民間で伝わる詩を使うから」

「呪文が違う？」

「ユリアン、やってみてあげてください」

「ほいほい！　えーと微風の呪文っすよね？

『緑の風よ、緑ちゃん

うちに来てちょっと遊んでかないかい？

うちには何もないけれど、緑ちゃんが走り回るにはちょうどいいのさだってうちには何もない！』」

定番のギャグらしく、暗誦が終わったと同時に微風の中でユリアンは腹を抱えて笑い、テオさんもニヤリとしている。風の精霊らしい緑のキラキラが跳ねるように揺蕩っている。

「緑……ちゃん？」

「っす！」

「短縮系は『緑ちゃん』です」

テオさんが答えるとまた微風が起こった。

「インク乾かすときとか便利なんすよね～。女の子は風呂上がりに髪を乾かすときとかにも使ってるっすよ」

「へ、へえ～……」

テオさんやユリアンがボソボソ言ってインクを乾かしてたのはこれか。『緑ちゃん』って言ってたのか……。ユリアンはともかく、テオさんが言ってるところを想像すると失礼だと思うけどめちゃくちゃ面白い。

「そうだ、シノブもやってみれば？」

「え？　でも言ったじゃん。昨日は大惨事になったから……」

「いいんじゃないですか？　皆さーん、シノブさんが風の呪文を練習しますから、飛んでいきそうなものしまっておいてくださいね」

テオさんが助手課にいた人に声をかけた。二人は研究室で起こったことを知らないから言えるんだろう。困惑しながら、読み上げる必要もない、短い呪文を口にした。

「……『緑ちゃん』」

昨日と同じように風が前髪を吹き抜けた。大変なことになる！　ぎゅっと目を閉じた。

しばらく経っても大騒ぎになっていない。

「大成功じゃん！」

「おめでとう！」

「え、え？」

ゆっくり目を開けると、にっこり笑ったテオさんとユリアンがこっちを見ていた。

そこには予想した惨状は全くなかった。

短縮呪文『緑ちゃん』の呪文は安定した効果を発揮して、あっという間に便利な呪文になった。

書類仕事において、インクが乾くまで待つというのは地味に時間泥棒だった。インクを吸わせる砂をかけるというのもあるけど、私は下手くそで文字は滲むわ、机の上がジャリジャリになるわで、あまり好きではなかった。その点『緑ちゃん』の呪文はすごい！　すぐにインクが乾く！　それにユリアンが言ってたみたいにお風呂上がりに髪の毛もすぐ乾く！　今まではドライヤーなんかないし、濡れた髪を何度も布で拭っては水気を絞り、絞っては拭って、髪も傷むし風邪引きそうで困ってたのだ。この『緑ちゃん』さえあれば、面倒な手間が全くいらない！　簡単便利！　すごい楽！　……通販みたいだな。

呪文の便利さをひとしきり実感すると、次に気になったのは二つの呪文の違いだ。『ここに遊べ』と『緑ちゃん』――同じ微風呪文なのに、どうして違いが出たのか。テオさんやユリアンに聞いてもわからなかった。使えば使うほど私の疑問は大きくなる。

だって同じ口にするなら、『緑ちゃん』より『ここに遊べ』のほうがかっこいい。どうして私が『ここに遊べ』の呪文で失敗したのか。どうすれば『ここに遊べ』の呪文でインクを乾かせるようになるのか。

私の知る人の中でその答えを知っていそうな人は、あの根暗なスペルクラフト・マスターしかいなかった。

そうなると、私には大きな難関が待っていた。ローゼンシュティール教授と雑談するという難関だ。ユリアンはよく担当教授や他の教授と楽しそうに話しているけど、私はまだこちらの常識も知らないし、あまり会話が広がることがない。社交下手な自覚はあるし、今まで自分の仕事に手いっぱいでもあった。

そういう意味でただでさえハードルの高い雑談を、しかもあの会話の取っ掛かりのなさそうで愛想もへったくれもない教授相手にするというのは、私にとってほぼ不可能に近いことだ。

けどやらなきゃいけない！　かっこいい呪文のために！　妙な使命感に駆られ、私は燃えていた。

仕事中に雑談なんかしたことないのでタイミングなんてものもなく、明らかに挙動不審だったのだろう。授業が終わり、講義室で生徒たちが幾人か残って講義のメモを見せ合ったり、談笑している。私は教壇前の机に提出されたレポートを仕分けしながら、チラチラと教授の横顔を何度か盗み見た。いつもは長い髪で埋もれる人形のような顔の造作が、リボンで髪をまとめてあらわになっている。

「……何か用か？」

「は、はい？」

無意識に緊張していたらしい。耳触りのいい声で問いかけられてぎくりとした。白い顔にバランスよく配置された青い目が不審げに細められている。

「さっきから物言いたげにしているだろう。何か言いたいことがあるなら言え」

「え、ええと……」

「さっさと言え。私もそう暇じゃない」

「す、すみません。あの、聞きたいことがありまして……『緑ちゃん』って、ご存じですか？」

「まずいぞ」

講義室に残っていた学生さん達の視線が一斉にこっちを向いた。

「まさかまだ知らないやつがいたなんて……」

「あっ、つ、次の授業に行かないと！」

「お、オレも！」

「ま、待ってくれ俺も行く！」

皆そそくさと荷物をまとめてドアから出ていく。どうしたんだろう？　列をなして去っていく学生さんたちを不思議そうに見送りながら言葉を続ける。

「教授に教わった微風呪文と『緑ちゃん』と、なんで二つの呪文で効果がこんなに違うのか、知りたくて……」

教授は勢いよくダン！　と拳を机に叩きつけた。

「ヒェッ⁉」

「『緑ちゃん』だと……！」

机の上で拳がわなわなと震え、俯いて丸まった背中まで怒りで振動している。長い指の下でレポートが哀れにぐしゃりと握りつぶされた。

「使ったんだな？」

ヒッと悲鳴を呑み込んだ。ローゼンシュティール教授の綺麗な顔が険悪に歪められ、さっきよりも険しくなっている。もはや般若だ。青い目は鬼火のように燃え上がっている。顔が整っているだけに怒ったときの衝撃と迫力が凄い。

「へっ!?」

「使ったのか、『緑ちゃん』を!!!」

唾が飛んできそうな勢いで怒鳴られる。何がダメなのかわからないまま、反射的に謝ってしまった。

「ヒッ！　す、すみません!!!」

教授は怒り心頭といった様子で両手で頭をかき乱し、せっかくまとめた髪を台無しにする。普段はネチネチ嫌味を言うだけで声を張り上げない教授の大声にただただビビる。

この人自分の美貌なんかお構いなしなんだろうな、もったいない。

「僕はあんな下品な呪文認めない！　洗練のカケラもない!!　同じ民間呪文でもメルクーアの美しい韻律とは大違いだ！　ネプトゥーンの粗野な呪文には鳥肌が立つ!!　何が『緑ちゃん』だ!!!」

教授は地団駄踏んで身体中で怒りを表現している。石造りの床だから自分の足が痛いだけだろうに。まるで気に入らないことで親に反抗する子どもみたいだ。私はポカンと口を開けて教授を見た。今私の目の前にいるのは本当にローゼンシュティール教授だろうか？

教授は怒りで顔を真っ赤にしながら行儀悪く私を指差した。

「私の監督なしに呪文を唱えるお前もお前だ！　いいか、私が教える限り、もう『緑ちゃん』は使うな!!　こうなったら何としても微風の呪文を使いこなしてもらう!!」

後になって、私は学生さんたちには当たり前の暗黙の了解というやつを知った。

ネプトゥーン地方というのは商人の多い港町で、荒っぽく威勢のいい土地柄が呪文にもよく表れているらしい。そしてエメリヒ・ローゼンシュティール教授は抑揚や言葉の美しさに執着していて、呪文の中でもネプトゥーン地方の呪文が殊の外許せないらしい。彼の前でネプトゥーン地方の呪文の話をしてはならない、話そうものなら荒れ狂って手が付けられなくなる。

その地雷を見事に踏み抜いた私はその日、何度も『ここに遊べ』の微風呪文を復誦させられ教授として就任して約半年だというのに、学生さんの間ではすでに有名な話になっていた。鬼気迫る教授に厳しくしごかれて大変な目に遭った。

そんな基礎魔術の授業と仕事の合間に、学園祭のことも忘れていない。学生主導ということで、基本は彼らにお任せしているし、何なら私よりも優秀であっという間に外枠だけ決まっていた。学園祭の様々な催し物を考え出して作業を始め、学園祭までの準備は着々と進んでいった。

そして本日。空は真っ青で雲ひとつなく、気持ちがいいくらいの快晴。学院はアーベント王国の北方の領地ヴェーヌスにあるので夏の暑さもそれほど感じられず、日差しが眩いくらいだ。塔の中は魔術で一年中快適な室温に調整されているから関係ないけど、今日だけは別。

魔術科だけの学園祭の開催日がやってきた。

学生さんと教授の家族と領民たちが来る予定だけど、初日と二日目で分けられている。初日は貴族を招き、二日目は平民の人たちが招かれていた。

「四階のプラティーヌホール、次は演劇だよね？」

「そうです！　『リヴェラーニとアカトヴァの基礎魔術編纂の旅』です！」

「控室空いたからすぐ入って！　扉に貼り紙してあるからすぐわかるよ、頑張ってね！」

「ありがとうございます！」

小さく手をあげて衣装や小道具の箱を抱えた学生たちが廊下を早足に通り過ぎていく。それを見送って、私は工程表にチェックを付けた。クリップボード代わりに薄い板に予定表やら工程表などなどを挟んでいるけど、紙がよれなくてなかなかいい。いやあ、それにしても楽しそうでいいなあ。私は主に手続きなんかの書類でしか関わってないけど、いきいきした姿を見ると自分のことみたいに嬉しい。

学生さん主導のイベントだけど、ホールを使って上演するイベントの進行だけスムーズに関係者が出入りできるように手伝っている。本当は色々見て回りたいけど、そうもいかないところなのが残念だ。私は塔のホールを巡って上ったり下りたりしながら、演劇や模擬儀式の上演準備や観客の出入り誘導をした。

昼をだいぶ過ぎたころに、テオさんがやってきた。

「お疲れ様です」

「テオさん、お疲れ様ですぅ～……」

階段の上り下りでもう膝がガクガクだ。力の入らない声で挨拶すると、テオさんは心配そうに眉をひそめた。

「ご飯食べましたか？」

「まだです。上演中にと思ってたんですけど、意外と席を外すタイミングがなくて……」

「私のほうは一段落しましたから、代わりますよ」

「いいんですか？」

なんだか申し訳なくて聞き返すと、テオさんはちょっと悪戯っぽく微笑んだ。

「貴女だって見たいでしょう？　学生さんがどんな学園祭を作り上げたか」

「見たいです！」

「なかなか美味しい屋台もありましたから、楽しんできてください」

「ありがとうございます、一時間で戻りますから！」

見送ってくれるテオさんに手を振って、まずは中庭のある五階へ向かう。四階には来賓を招いての行事ごとなどに使うホールがあって、六階の学生さんと教授の講義などが行われるスペースの間に緑豊かな中庭が広がる五階がある。屋内なのに不思議な光景だけど、塔の往復に疲れている今は草花が目に癒しを与えてくれる。

中庭に出ると、さっきから往復している間にも漂ってきていたいい匂いが鼻孔をくすぐる。

お肉の焼ける匂いだ。途端に我慢していたお腹が切なそうにくぅと鳴った。食欲に誘われるまま匂いのもとをたどると、屋台の並ぶ広場に辿り着いた。食事時を過ぎているけれどまだ人でにぎわっている。手前側は儀式で使う供物風のジュースやお酒、デザートのお店に、有名な魔術師が魔力を高めるために食べたと言われるお肉料理など、魔術にちなんで考えられた食べ物の屋台が並んでいる。……さすがに薬学専攻らしい屋台のヤモリの串焼きは遠慮したい。

どれを食べようか悩んで目を奪われていると、誰かと肩がぶつかった。

「あ、ごめんなさい！」

「い、いえ……」

フードをかぶった女性がもごもごと小さい声で答える。何だか見覚えがあるような気がして、首を傾げた。フードからこぼれる前髪は柔らかそうな白銀色だ。

「あ、もしかして、教授の婚約者の……」

ここでも銀髪は珍しい色だったからよく覚えている。

「シーッ！」

ほっそりした手が私の手首をつかんだ。力こそ弱いけど必死さが伝わってくる。フードの下の淡緑色の目が揺れながら私を見つめた。

「内緒にして……！」

「え、いいですよ？」

「いいの……？」

お嬢様は拍子抜けしたように手を離した。それよりもさっきからお腹が空腹を訴えて鳴き止んでくれない。誤魔化すように胃の辺りをさすりながら頷いた。

「お忍びってやつですよね？ いいんじゃないですか？」

「お忍び……」

ぐぅうううう。オウム返しのつぶやきにかぶせるように、耐えきれなかったお腹の虫がいっとう大きく叫んだ。さすがの私も気まずい。チラリと上目遣いに相手を見れば、彼女は目を見開いて口元に手を当てた。

「まあ、ふふ！」

「お昼がまだなんです。よかったら何か食べませんか？ おごりますよ」

恥ずかしさを隠すようにおごりを申し出た。

午後も頑張って働かなければならないから、私はがっつり肉料理を選んだ。薄いピタパンみたいな生地で包まれていて、お肉はスパイスやショウガでしっかり味付けされている。一緒に挟んである輪切りのトマトの酸味とレタスのシャキシャキが楽しい。

広場の中央に並べられたテーブル席に座り、無我夢中で頬張った。五臓六腑にしみわたるぅ！

「美味しそうに食べるのね」

「ふぉんっっっふぉぅにほはははふぃへはんへす」

頬袋に食べ物が入ったまま答えてしまう。お嬢様は削った氷にレモンの蜜のかかったデザートにスプーンを差しながらころころと笑った。はたとお行儀の悪さに気が付いて、黙って咀嚼する。合間にジュースを流し込む。こっちは果汁にハーブで香りづけがしてあって、喉の辺りがスッとする飲み口だ。

「あの、……お嬢様」

「ゾフィよ、ゾフィでいいわ」

「ゾフィ様。今日はローゼンシュティール教授に会いに来たんじゃないんですか？」

「いいえ。楽しそうだったから来たの」

ゾフィ嬢は柔らかい微笑みを浮かべたまま首を振った。フードをかぶったままでもたおやかさがわかる仕草。教授は無愛想だけどあの見た目だし、二人が並べば美男美女のお似合いのカップルだ。

「婚約者なのに、会ってかないんですか？」

彼女はキョロキョロと辺りを見回した後、少し身を乗り出してきた。内緒話をするジェスチャーかな。私も少し身を乗り出して耳を傾けた。ひそめた声が耳をくすぐる。

「教授がお見合いの日になんて言ったか知ってる？」

「なんて言ったんです？」

「『私は家族に言われるままここへ来た。家族が安心すると言うから、貴女と結婚するつもりだ』って」

「ひどくない？」

憤慨すると、彼女は小さく声をあげて笑った。眉尻を下げて、目を細める。

「むしろはっきりしてて気楽だわ。わたくしの周りは皆、愛情と一緒にわたくしに期待を寄せるの。お父様とお母様も、期待しすぎているの。王子と年が近ければ、お妃になれたはずだって」

「それは、きっとそうですよ」

だって彼女以上に綺麗な人は見たことがない。ゾフィ嬢は広場の賑わいに目を向けた。行きかう人やベンチに仲良く腰掛けたカップルは、私達を気にも留めず楽しげにしている。

「わたくしは嫌だわ。もし本当にお妃になることになっていたら、今以上に厳しい令嬢教育を受けさせられていたわね。今だって辛いのよ。教師がね、間違ったら手を棒で叩くの。痛いのは平気だけど、全部貴女のためなのよって言われるのが嫌だわ。少しもわたくしのことなんか考えていないくせに」

「……教授と結婚したら、ゾフィ様は幸せになれますか？」

ゾフィ嬢はくっと顎をあげた。頬は微笑みの形に上がっているけど、目と眉の間に漂うのは諦めだった。

「お父様とお母様は喜んでくれるわ。わたくしを愛してくれているから、自分が思い付く幸せを与えたがってるって、わかるもの」

「それじゃ、愛情はなくてもいいってことですか?」

「あら、貴族の婚姻はそういうものよ」

やけにきっぱりとした口調だったけど、誰かから何度も繰り返し聞かされてきたセリフをそのまま答えているのはすぐわかった。食べ終わったパンの包み紙を手の中で弄ぶ。上手く理解できないのは、日本で暮らしていたからだろうか。

変な顔をしていたのだろうか。ゾフィ嬢が私を見てプッと噴き出した。

「貴女って不思議な人ね」

「え?」

「自分のことみたいに心配してくれるのね。わたくしの友達……オリヴィエでも、そんな風には言ってくれなかったわ」

「侍女の女の子ですよね? 彼女は何て言ったんですか?」

彼女は唇を歪めて語った。

「わがままだって。教授と結婚すれば着るものも食べるものも困らない。彼のように見た目も家柄もいい人と必ずしも結婚できるわけじゃない。誰もが願っても得られない幸運を手にしているのに、不幸そうな顔して悲劇のヒロインぶってるって」

「なにそれ!」

憤慨するとはこのことだ。包み紙を思わず握(にぎ)りつぶす。人によって幸せの価値基準は違うし、それにそもそも相手はあのエメリヒ・ローゼンシュティールだぞ？　外見はよくても中身の無愛想さ口の悪さで白馬の王子様とは程遠(ほどとお)い。そりゃあ、ヴュルツナー教授に署名するように働きかけてくれたときは助かったけど。人間としては誰かの夫となるにはまだ人格が育ってない。オリヴィエちゃんは見た目と肩書(かたがき)に騙(だま)されてるんじゃないだろうか。

「っていうか、教授ってそんなにいい家柄の貴族なんですか？」

「末子だけど、公爵(こうしゃく)家の息子(むすこ)よ。国王の甥(おい)になるわ」

「ヒェ」

世が世なら王族だったってこと？　貴族だってことはわかってたけど、どこか浮世離(うきよばな)れしていたし。そうか、早くに家族と離れて魔術(まじゅつ)の修業(しゅぎょう)してたんだっけ。お姉さんに怪我(けが)を負わせたことも、その身分の貴族令嬢なら大変な事件だっただろう。彼の生(お)い立ちにちょっと同情しそうになるのを頭を振ってやり過ごす。

「貴女はローゼンシュティール教授のこと、どう思う？」

「ぐぇ」

飲みかけのジュースが鼻から出そうになった。さっきから恐竜(きょうりゅう)みたいな声しか出してない。考えるだけでぞっとする。

「その教授に毎日のようにネチネチ嫌味(いやみ)しか言われてないんですが……」

「ええ。私の読み書きが拙いってのもあるんでしょうけどね。字が汚いとか、綴りが間違ってるだとかはいつものことですよ」

クスクス笑っていたゾフィ嬢の顔が急に真面目になる。

「貴女、教授にとても気に入られてるのね」

真剣な声で言われてびっくりする。慌てて首と一緒に両手を振って全力否定した。

「違いますよ！　私が目も当てられないほど無知なのがイラつくんですよ、きっと！」

「気に入らないなら視界に入れなければいいだけだわ」

「それは、部下だから、教育として……」

「義務があるなら、適当にやり過ごすわ。魔術師は弟子に仕事を手伝わせることもできるし、彼なら優秀な学生が弟子に志願するわ。現にオリヴィエに言われて差し入れするわたくしとは、天気の話くらいしかしないわよ？」

「天気……」

あの無表情でいい天気ですね、なんて世間話する教授を想像するだけで鳥肌が立ちそうだ。

それに自分が特別扱いされているとは到底思えない。

「いやいや、絶対に違いますよ！」

「そうかしら？」

「教授から？」

「違いますって！」

気に入られているならもっと優しくしてくれてもいいものだ。いや、別に陰険教授に紳士的に接してほしいわけじゃない。だめだ、突き詰めると妙な方向に行きそうだ。

動揺を抑えるために一度深呼吸する。広場に置かれた時計に目をやると、そろそろ戻らなければならない時間だ。別れを切り出してベンチから立ち上がる。ゾフィ嬢は眩しいものを見るような目で私を見上げた。

「わたくしも、貴女のように働いてみたかったわ」

「そうですか？　体力も気力もいりますよ？」

「でも、楽しそうだわ」

あまりに羨ましそうなので、ちょっと腕組みして考えた。

確かに、今のお仕事を通してテオさんやユリアン、ギレスさんに学生さんたち、それと教授……はともかく、いろんな人と知り合えて、浅く広くかもしれないけど、繋がりが増えた。社会の歯車の末端だとはわかってるけど、毎日色んなことが目まぐるしく起こって飽きない。でも、ゾフィ嬢の暮らしだって憧れだ。布地のたっぷりしたドレスなんかいかにもファンタジーのお姫様って感じだし、落ち着きがないとか大雑把だとか言われる私からしたら仕草も言葉遣いもエレガントで羨ましい。

「そんなこと言ったら、私だってゾフィ様みたいにお嬢様暮らしやってみたかったですよ」

「あら、代わってあげましょうか？」

「オリヴィエちゃんが激怒しそうなんでやめておきます」

　さっきまでの深刻さも吹き飛んで、悪戯っぽく冗談を口にする彼女になんとなくホッとした。肩を竦めると、彼女はクスリと笑う。

「ないものねだりね、わたくし達」

「そうですね」

　私はゾフィ嬢に手を振ってその場を後にした。

「それじゃあ」

「ええ、また会えるといいわね」

「うん、またどこかで！」

　食事が終わって戻ると、テオさんがホールの入り口脇に置かれた椅子に座っている。観客の出入りは演劇を鑑賞しているお客さんの邪魔になってはいけないので、時間や上演の進行をチェックしながら誘導するのだ。

「テオさん、ご飯食べてきました！　ありがとうございました！」

「どういたしまして。もう少しゆっくりしてきてもよかったのに」

「そんなそんな。皆忙しいでしょうし」

手と首を振って遠慮すると、テオさんも真面目な顔で首を振った。

「それがね、暇なところと忙しいところで結構バラつきがあるんですよ」

「そうなんですか？」

「はい。だから明日はもう一度配置を考え直そうかと」

確かに、今日の忙しさは尋常じゃなかった。明日も同じことをやって体力が持つ自信がなかったので、再配置はありがたい。

「だから、シノブさんはもう一度休憩に行ってきなさい」

「えっ、いやそれは……」

「はい。そう言うと思いました。だったら自分が管理してたここの演目を観てきなさい」

ちょうど幕間に入ったらしい。テオさんは扉を開いて暗幕をかき分ける。中は薄暗い。

「いや、でも……」

「貴女、自分が手伝っていたお芝居がどんなものなのか知りたくないですか？」

「……し、知りたいです」

最後は根負けしてしまった。にっこり笑うテオさんに見送られながら、別世界に繋がっているようなその扉をくぐる。その瞬間、空気が変わったような気配を頬に感じた。人いきれに、緊張感、高揚感、ざわめき。今日は貴族の親御さんや関係者、領民の方たちの日なので、並べられた観客席には煌びやかに着飾った人たちが座っている。

ちょうど端の方に空いている席を見つけて滑り込んだ。舞台には緞帳がかかっている。薄暗さに目が慣れてきて、辺りをキョロキョロ見回すと、隣に座っている人の姿に気が付いた。

「ギレスさん」

パンフレットらしい紙切れに目線を落としていたギレスさんがこちらに気付いて嬉しそうに笑う。

「シノブさん。お芝居を観に来たんですか？」

「はい。休憩時間で……」

「朝から忙しそうでしたよね」

話している間に、どこかからチクチク視線が刺さるような気がしてもう一度周囲を見回した。反対隣や前後の若い貴族のご令嬢達がこっちを睨んでいる。ギレスさん目当てだろう。なるほど、お互いに牽制しあっているうちに私が来て、しかも仲良さそうに話し始めたから腹立たしいんだな。

「シノブさん？」

「あー、ちょっと……仕事が気になって、戻った方がいいかも……」

あまりの居心地悪さに席を立とうとする。身体を起こそうとすると、肘掛けに置いていた手に手のひらが重ねられた。思ったより強い力で、びっくりして摑まれた手から辿って、シャープな肩、すんなりした首の上にのったギレスさんの整った顔をまじまじと見てしまう。

「もうすぐ始まりますから、静かに」

彼は薄い唇の前にもう一方の手の人差し指を立てた。

「でも……」

「休憩時間なんでしょう？」

「……はい」

強制的に言いくるめられた気がしないでもない。諦めて、椅子の上に腰を下ろした。

まもなく開演前の口上が始まって、残っていた明かりも消えて真っ暗になる。暗闇の中で、摑まれたままの手にギュッと力が込められた。ぎょっとして顔を上げるけど、暗がりで相手の表情はよくわからなかった。

異世界で初めて観たお芝居はすごかった。火の玉が宙を舞ったかと思うと雪が降ってくる、草花が芽吹いて蕾をつけて、花開く。風を操って人が縦横無尽に空中を泳いでいく。目にしたことのないものばかりだった。

夢中で楽しんでいたけどいまいち集中できなかったのは、ずっとギレスさんが私の手を放してくれなかったせいだ。そりゃあ最初こそ席を立とうとしたけど、始まってからはそんな気も無くなったし、途中で席を立つのは無作法だって知ってるし、拘束したままじゃなくてもよかったのに。

「すごかったな」
「雪の結晶、きれいだったね！」
「お母さん、あたしも魔術師になりたい！」

ホールの扉を開けるとお客さんたちが興奮して口々にしゃべりながら出てくる。

二日目。平民のお客さんたちは素直に楽しんでくれて、反応がわかりやすい。ドア横で待機していた私にまで歓声やすすり泣きが聞こえてくるぐらいだった。一日目の貴族の人たちもすましてはいたけど反応は好意的だった。学生さん達にも好感触なのが伝わっているのか、昨日よりもやる気に満ちて楽しそうだ。

再配置のおかげで塔をさほど上ったり下りたりしなくてよくなったし、お客さんの出入りに慌てて駆け込むこともなく扉の横でのんびり待機できるようになった。お昼前の公演はこれで終わりで、私は休憩時間だ。無人になった客席をまわって落とし物がないかチェックして、ちりとりと箒で軽く掃除する。

「よし、っと！」

別の教室で展示の管理をしているテオさんに声をかけて、お昼ご飯を食べに中庭へ出た。

昨日と同じように屋台が並んでいるが、お客さんたちが昨日以上ににぎやかに行き交っている。お祭り空気を楽しむように、人の間を縫うように歩いた。

昨日と同じものを食べようかとも思ったが、せっかくだから違うものも食べてみることにする。じゃがいもとひき肉のトマト煮のパイ包みと、野菜のスープを選んだ。

適当に座れそうな場所を探していると、こっちに向かって手を振っている人を見つけた。

「ルートヴィヒ様……と、教授」

「やあ、お疲れ様」

「お疲れ様です。お昼ご飯ですか？」

「そう。せっかくだからエメリヒも一緒にね」

領主様の隣でローゼンシュティール教授が不満そうに鼻を鳴らした。混んでいるからと同席を勧められたのでありがたく向かいの席に失礼する。

いただきますと手を合わせながら、当たり障りのない話題を探す。

「すごいですよね。全部魔術にちなんだメニューだなんて、よく考えつきましたよね」

「故人の日記や儀式の記録に残っている。調べれば誰でもわかるものだ」

「いや、それが普通の人には出来ないんですってば。古代文字なんか習いませんからね？」

「ふっ」

いつもの調子で嫌味っぽく答える教授に言い返していると、ルートヴィヒ様が噴き出した。

両手で口を押さえて笑いをこらえている。

「何ですか？」

「いや、君たち、だいぶ仲良くなってきたね」

そう言われて、思わず教授を睨みつけた。あっちも私を睨んでいたから、はからずも顔を見合わせたみたいになったのも悔しい。

「領主様って目が悪いんじゃないですか？」

「お前の目は節穴か？」

声もそろってしまった。大変気まずい。若き領主様はさらに可笑しそうに肩を揺らしている。

これ以上は墓穴を掘るだけかもしれない。あからさまだけど話題をそらす。

「……ところで、領主様は二日とも参加してるんですか？」

彼は笑いをこらえるように咳払いする。

「そうだね。一日中見て回るのはさすがに無理だけど。客人の反応も確かめたいからね」

「どうでした？」

学園祭が始まってからずっと気になっていたところだ。領主様の見立てなら間違いないだろう。好奇心半分、不安半分で訊ねた。

「親御さんは安心した方が多かったね。自分の子どもが魔術を学んで進む道が、ある程度想像できたみたいだよ」

「そうですか、よかった！」

「商人達にも好評だね。魔法陣入りの水晶のネックレスなんかは恋人への贈り物に良いかもしれないと目をつけてる」

「なるほど、そういう副産物もあるんですね」

「まあ相変わらず変人の集まりだと思ってる人もいるけど、少しは認知度が高まったんじゃないかな。少なくとも平民の客人は今日のことを一、二年くらいは話のタネにするだろうね」

スマートフォンやインターネットがない世界だと、噂話も数少ない娯楽のひとつだ。

「ただ、こういった行事ごとは一度では成果が出ない。続けて認知を高めることに意義がある。今回の手順や流れを書き起こした報告書や評価点、反省点をまとめて書類にしておく必要はあるかな」

「なるほど！　ありがとうございます！」

さすが領主様。経営的な視点がしっかりしてる！　懐からメモを取り出して書き起こしながら深く頷いた。

「どういたしまして。それじゃそろそろ私は館に帰るから、エメリヒのこと頼んだよ」

「えっ？」

「こいつ、方向音痴だから」

「そんなことない」

すかさず教授が否定する。うーん、被せるようなこの間合いは怪しい。面倒見のいいルートヴィヒ様はほらね、と言いたげにこちらに向かってニヤッと笑った。

「そういうことだから、頼むよ」

「わかりました」

優雅に手を振って去っていく領主様を見送って、手が止まっていたお昼ご飯を食べる。サックリしたパイ生地の下に強めに味付けされたひき肉のトマト煮のほろほろと、ペースト状のじゃがいものねっとりした舌触りが楽しい。合間にトロッとするまで煮込まれた野菜のスープで口を潤しながら美味しくいただいた。

「ごちそうさまでした！」

両手を合わせると、教授が訝しげに目を細める。

「やけに短い食後の祈りだな」

「そうですか？」

こっちは女神様を信仰する宗教がメインだ。私も女神様の導きで来たと言われているけど、まだ異世界との境目に穴が開いてうっかり落っこちたって言われた方が信じられるんだけどな。

「それじゃ、ついでに出店見ていきます？」

「もう僕はここに用がない」

「私の休憩もさせてくださいよ。教授を研究室まで送って戻ってくるなんて二度手間じゃないですか」

出店を巡っている人ごみの中ではぐれると面倒だけど、塔を上り下りする労力と比べたらまだマシな気がする。

「迷子になっても知りませんからね。ちゃんとついてきてくださいよ」

「おい、待て……」

前にもそのセリフ聞いたような気がするな。包み紙をごみ箱に捨てて、スープのカップをお店に戻す。少し離れたところで教授もついてきている。確認して、今度はアクセサリーや小物を売っている出店が並ぶ方へ足を進めた。

魔法陣が描き込まれたお皿やマグカップ、儀式に使う動物を模した人形や、占星術に使われる星図の印刷された便箋。どれも素敵で見入ってしまう。ひとつくらい自分用に何か買ってみようかな。人の流れに沿ってゆっくり歩きながらじっくり品定めする。

ふと顔を上げる。教授ちゃんとついてきてるだろうか？　振り返ると、いない。しまった！

「っ！」

慌てて来た道を引き返すために飛び出そうとして、誰かに腕を摑まれる。

「僕はここだ」

息を切らした教授だった。珍しく焦っていた。どうも人波を必死にかき分けて追いかけてきたらしい。申し訳なくなって肩をすぼめる。

「ごめんなさい」

「まったくだ」

こいつ。でも反論の余地はない。

「はぐれないように、手でも繋ぎますか？」

悔し紛れにとんでもないことを言ってしまった。教授は嫌そうな顔をして、掴んでいた私の手に自分のローブの裾を握らせる。なんだこれ？

「これで十分だ」

そう言って今度は教授が先に歩き出す。人の進みに合わせてなのでゆっくり一歩ずつだ。その間にまた屋台の商品を眺める。

「あ、これ。さっき領主様が言ってたネックレスですね」

水晶に魔法陣の彫り込まれたネックレスが並んでいる。同じ意匠で石のものもあったけど、目玉は水晶みたいだ。

「護符の魔法陣だな。なかなか手が込んでいる」

「これ、実際に効果あるんですか？」

「陣に間違いは無いから、身を守る効果はある」

気に入ったのか、教授はネックレスではなくストラップ型のものを二つ手に取って、店番の学生さんとやりとりを始める。代金を渡して受け取ったものをそのままひとつ私の方へ差し出した。

「持っておけ」

「はい？」

「さっきみたいにフラフラしてたらすぐ死ぬ。そそっかしくて見ていられない」

「失礼すぎません？」

「とにかく、持っておけ」

「はいはいありがとうございますぅー」

もらえるものはありがたくもらっておこう。涙形の水晶はキラキラ光って、円の中に図形や文字が細かく描き込まれている。手が込んでいる。魔法陣専攻の学生さん、頑張ったなあ。

ふと気が付く。教授も同じものを買っていた。おそろいってこと？　いやいや、まさか！

そんなこと思い付くようだったらあんな嫌味なやつになってない！　うんそうだ。

自分に言い聞かせながらうんうん頷く私を、教授が不審げな顔をして見ていた。

二日目も無事に終わり、学園祭は盛況のまま終わった。

「こうして無事に学園祭を終えられたのも、教授方や事務員の皆さんのお力添えあってのことです。感謝のしるしとして、ささやかですが後夜祭の用意をしました。模擬儀式の演奏員ですが、楽団もいます」

学生代表としてギレスさんが閉会の演説をする。

演劇と儀式に使われていたプラティーヌホールに、学園祭運営にかかわった学生さん、魔術科の教授、そしてユリアンやテオさんをはじめとする事務員が集められた。

広いホール内には円卓が置かれて、屋台で売られていた食べ物や飲み物、デザートが並べられている。舞台脇では竪琴やギターのような楽器、笛や太鼓を抱えた学生さんが挨拶代わりに短く音を奏でた。

「魔術科が学ぶ高等魔術の意義を世の中に広く知らせるために開催しましたが、参加されたお客様方から好意的な評判を多く聞くことが出来ました。また、僕たちにとっても将来魔術を役立てる相手や場所を想定するいい機会になりました」

満場の拍手が起こり、私も一緒に手を叩く。会場にいる皆が疲れはあっても充実した表情をしていて、それぞれが手応えを感じているみたいだった。

「二日間にわたるこの行事は今日で終わりますが、今後もこの学園祭がヴェーヌスの領民や魔術を志す人々に愛される伝統となるように続けていきましょう」

締めの言葉に惜しみない拍手が送られる。

「最後に皆さん、この学園祭を開催するまでに奔走してくださり、そして昨日と今日の二日間も我々をサポートしてくださったシノブさんに、感謝を！」

「へ!?」

ホールの人たちの目線がこっちに集まってぎょっとする。

「ありがとうございました！」

「ありがとう！」

「楽しかったよ！」

口々にお礼を言われて、学園祭を開催するまでにあった様々なことが頭を駆け巡った。よかった。どうなるかと不安で大変な時もあったけど、皆で作りあげられた。テオさんやユリアン、ギレスさんたちがアドバイスしてくれたり愚痴を聞いて相談に乗ってくれなければ、きっとくじけていた。涙ぐみそうになりながら、ぺこりと勢いよく頭を下げた。

頭を上げてふと見れば、拍手する人たちの中にローゼンシュティール教授の姿がある。手を叩いてはいるけど顔は相変わらず無表情で、何考えてるかわからない。けどまあ、労ってくれているのはわかる。

それぞれが飲み物を手に取って乾杯し、後夜祭が始まった。

普段の講義とはまた違った砕けた空気に学生さんも教授たちも話に花が咲く。私も今まで話したこともない儀式専攻の教授が古い音階がどうたらと演説するのを聞いたり、薬学専攻の教授がヤモリの串焼きが何に効くかを力説するのに後ずさったり、占星術専攻の教授が経理の事務員さんに最新の望遠鏡を買ってくれと頼みこんでいるのを見物したり、楽しい時間を過ごしている。テオさんは教授や学生さんから好かれていて、まんべんなく話しかけられている。ユリアンは女の子をナンパしてはフラれている。めげていないところがさすがだ。ローゼンシュティール教授は先日決闘したヴュルツナー教授からすっかり可愛がられているらしく、愛想はないものの何か小難しい話で盛り上がっているみたいだ。

そういえばギレスさんを見かけない。いれば学生も事務員も関係なく女の子が彼を取り囲んでいるだろうに。

さっきの挨拶のお礼を言いに捜すと、舞台袖で同じ学生に何か指示を出していた。

「お疲れ様でーす」

「シノブさん」

「まだお仕事ですか?」

「いえ、後片付けの連絡です。もう終わりましたよ」

「じゃ、よかったらこれどうぞ」

適当に選んで取ってきたジュースを手渡す。柑橘っぽいし、気分転換になるんじゃないかな。

ギレスさんは嬉しそうに笑って受け取った。

「ありがとうございます。ちょうど喉が渇いてたんです」

さっきまで話していた学生さんがいなくなって、舞台袖に二人きりになった。明るいホールのにぎわいを向こうに、ここは何だか静かだ。

「……シノブさん」

「はい？」

「聞いてほしいことが、あるんです」

いつも柔らかい表情のギレスさんが今日はどこかぎこちない。彼は壁際のベンチに座って手招きする。薄暗い中、緞帳を下げるために壁際に太いロープが下がっていたり、床には大道具が転がっている。

促されるままギレスさんの隣に座る。何だかこっちまでぎこちなくなってくる。手にしていた飲み物の入った木製のカップを取り上げられた。近くの棚によけて、大きな手が私の両手を包んだ。

「シノブさん、僕は貴女のことを大切にしたい」

「えっと……どういう意味ですか？」

思わず首を傾げる。

「貴女のことが好きです。貴女を守る騎士になりたい」

騎士って。ドラマや小説くらいでしか聞いたことのない表現にむずむずする。

「ど、どうして、私なんか……」

「貴女のように健気で愛らしい人を僕は見たことがありません。どんなに辛いことがあっても笑顔を忘れない。貴女を見ているだけで僕の心は明るく照らされるようです」

「や、やだなあ、褒めすぎですよ」

彼が言っているのは本当に私のことだろうか？　居心地悪くてつい茶化してしまう。ギレスさんは真剣な色のこもった目で首を振る。

「お世辞でも冗談でもないです。僕は貴女の恋人になりたい」

「あの……」

上手い返事が出てこなかった。申し訳ない気持ちでいっぱいだけど、まだこっちの世界の常識にも慣れていないし、仕事だって毎日覚えるだけでせいいっぱいで、恋愛まで考える余裕がない。

「あの、私……」

断ろうと口を開いたら、私の手を包み込むギレスさんの手にぎゅっと力が込められた。

「よく、考えてください」

「でも……」

「答えは急ぎませんから。少しでも僕のことを考えてくれたら嬉しいです」

「ギレスさん……」

彼は鳶色の目を切なそうに細めて笑ったあと、ホールから呼びかける学生さんに応えるために舞台袖から出ていった。

学園祭がやっと終わったというのに、私の日常は穏やかにはなってくれなかった。

翌朝、助手課へ出勤してその日一日のやることとメモを作っていると、来客があった。

「こんにちは～、花屋で～す。シノブさんはいらっしゃいますか～？」

「あ、私です」

「こちら、お届けものです～」

そう言ってエプロン姿の花屋のお姉さんに差し出されたのは小さめのブーケ。デスクの上に飾るのにちょうどいい大きさだ。

「え、誰から？」

花屋のお姉さんはにんまりと猫のように笑った。

「それはこっちのカードに書いてあるから後で見てくださ～い。受け取りのサイン、お願いしま～す」

首を傾げながらサインをして、ブーケを受け取る。

「それでは～。素敵な一日を～！」

私誕生日とかだったっけ？　不思議に思いながらブーケに差し込まれていたカードを手に取ってひっくり返す。そこには綺麗な大陸文字が書き綴られている。私は一文字ずつボソボソ読み上げた。

「愛……を、こめて？　は－、らると？　ギレッ――!?」

ギレスさん！　最後まで言いかけて、慌てて左右を見回した。幸い朝早かったお陰で人はまばらだ。

でも隣のデスクのテオさんはしっかり出勤済みだった。

「青春だねえ」

眼鏡越しに、目尻にしわの入った目が細められる。こういうのを生ぬるい目線って言うんだよね、知ってる。

「テ、テオさん……ッ」

「何も言わないよ。だってバレたらタダじゃ済まないからねえ」

「こ、怖いこと言わないでくださいよ……！」

カードは鍵付きの引き出しにしまうことにした。ブーケは枯らすのが勿体無いので後で適当な花瓶を探して飾った。

でもその花が枯れる前に、毎日ブーケが贈られてくるようになった。

花束は嬉しかった。飾っても邪魔にならない大きさだし、選ばれる花も淡い色使いの匂いのキツくない可愛らしい花で、職場で邪魔にならないように、それに周囲に気付かれても贈り主が悟られないように気遣ってくれたことがわかる。ただカードが見つかるとどうなるかわからない危険物なだけで……。こういうプレゼント攻撃に慣れていない人間からしたら、落ち着かない気分になる。

ギレスさんの攻勢はブーケだけに止まらなかった。昼休みには偶然を装って学院のカフェテリアで同席したり、終業時間にはさりげなく立ち寄ってお互いの寮までの短い道のりを一緒に帰る。それから、あとは時折——

「ふわっ⁉」

ローゼンシュティール教授の授業のおつかいの帰り道だ。急に後ろから腕を引かれて、空き教室に引っ張り込まれた。

「ぎ、ぎれすさん⁉」

しぃ、と長い指を唇の前に立てる姿も様になる。ギレスさんは後ろ手に教室の扉を閉めた。

「忙しそうだね」

時々二人きりになると口調が砕けるのにドキリとする。

「あ、ええ。今一段落して戻るところだったんです」

「知ってる。ユリアンに聞いたから」

あいつ何でもペロッとしゃべるな。そんなことを頭の片隅で考えないと緊張してしまうくらいの距離だった。彼のローブ越しに体温が感じ取れそうなくらいで、彼の大きな手が私の肩に回ってくる。ひええガンガンくるじゃんギレスさん……。

「会いたかった」

「へ……」

思わず目を向けると、嬉しそうに笑う顔とかち合った。

「お、お昼に会ったじゃないですか」

石壁の狭い教室内。自分の声がいやに反響する。身体が強張っている。変だな。こんなイケメンに迫られたらラッキーって思うべきじゃないか？

私の緊張を悟ってか、ギレスさんは肩を抱いていた手を離して向き合った。眼鏡越しの目尻が今日も優しげに下がっている。少しだけホッとした。ん？　ホッとしたってなんだ？

「もっと会いたくなるんだ。君と話していると楽しいから」

「ええ？　そんな面白おかしいこと言ってましたっけ？」

「いいや？」

悪戯っぽく、今にもとろけそうな笑顔で首を傾げる。眩しい。本当にこの人は私に恋してるんだ。

バレないようにと気遣ってはいるだろうけど、ギレスさんの明らかな変化に気付かないわけがない。実際ユリアンも毎朝送られてくるブーケや、何かと用事を作っては助手課に顔を出しに来るギレスさんと私を交互に見ては半目になっている。テオさんはもう達観してるのか微笑ましげな目だ。

「ギレスはどうしたんだ？」

「はい？」

普段は雑談なんて一切しないローゼンシュティール教授が突然問いかけてきた。基礎魔術の授業に入るタイミングで、いつもならすぐ教科書の何ページを開けとか覚えてきた呪文を復誦しろとか言い出すのが、今日は呪文と何の関係もない話題だ。

「どうしたって、何がですか？」

「優秀さは相変わらずだが、ここのところ学習意欲がどこかへ向いているようだ。講義の後は質問もなく急いで帰っていく」

「あ〜……なるほど……」

その学習意欲、私に向いてます、とは言えず。なんとなく気まずくて研究室の硬い丸椅子の上でモゾモゾする。

「ギレスは弟子にしてもいいと思っているが、このままではそれも考え直さなければならん。何もしないままあれだけの学生をダメにするのは惜しい。何か知っているなら教えろ」

青い瞳はともすれば冷たく見える。じっとこっちを観察する目線に耐えきれず、恐る恐る口を開いた。

「あのー、若い人にはよくあることと言いますか……」

「病気なのか？」

「いえ！　うーん、ある意味では……？」

白い眉間に深いしわが刻まれる。

「どっちなんだ、ハッキリしろ」

もういよいよ白状するしかないか。教授はギレスさんのことを心配してるわけだし。腹を括って私は学園祭で告白されてから、ギレスさんにアプローチされていることを話した。話すほどに教授の目は胡乱げに細められていく。

「にわかには信じがたいが……」

「私も信じがたいですよ。私以外にもよりどりみどりのはずの人がですよ？」

「何か弱みでも握っているのか？」

「そんな悪いことする余裕ありませんよ。仕事と授業で脳みその容量カツカツです」

「それもそうだな」

あっさり肯定したな！　上司であり教師のローゼンシュティール教授相手に何をプライベートなこと話してるんだろうと思う。でも今まで言えなかったことを口にできたことで、客観視できた部分もあった。

「ギレスさんには黙っておいてくださいよ！」

「言えるわけがない。こんなことを他人に知られたらギレスの美的センスが疑われかねん」

「そこまで言います？」

頭が痛いのか教授はこめかみを揉みほぐしている。

「とにかく、ギレスのためにも決断は早くしろ」

この話はもう終わりだと切り上げて、基礎魔術の授業に移った。微風の呪文から少しずつ強度を上げて、火の初級呪文に入ったところだ。防火の魔法陣を施した布を張って、周りに火の粉が飛び散らないように対策する。

「火は美しい詩句を好む。言葉の響きや流れに集中して復誦しろ」

「はい」

教科書片手に呪文を読み上げる。

「『閃く輝きよ、舞い踊れ
無邪気に、優雅に
そなたは苛烈にすべてを燃やし尽くす――あっ！」

呪文を唱えだすと同時に、身体の内側から何かが引きずりだされるような感覚がした。他の呪文のときよりも魔力が上手くコントロールできていない。焦りに脂汗が額に滲む。もっと集中して力を抑えようとする前に、周囲の空気がバチバチと弾ける気配がした。

魔力が食われている！　気が付いた時には指先に火が灯り、あっという間に手の甲を、燃え上がる火が覆いつくしていた。炎は腕を這いあがって私を焼き尽くそうと迫ってくる。死の恐怖に身体が硬直する。

突然視界を黒い何かが覆った。少しひんやりした布地の感触。

「呼吸しろ。ゆっくり、集中して」

低く滑らかな声が耳元をくすぐった。言われるままゆっくりと息を吐いて、強張っていた身体から力を抜く。動揺が抜けると、上手く抑えられなかった魔力も元通りになった。冷静になると、現状が把握できるようになる。頭にかぶせられていた布をなんとか振り払ってみれば、自分の身体に二本の腕が巻き付いている。

「きょ、教授⁉」

「怪我はないか？」

「え？　あ、あれ？　腕……火傷してない」

さっきまで炎に覆われていた腕に目をやると、着ていた服の袖こそ燃えていたけど、皮膚には火傷も何もない。

「さっそく護符が役に立ったな」

「護符？　……あっ」

ポケットにしまっていた涙形の水晶を取り出す。透き通ったチャームの真ん中に深いヒビが入っていた。

「これ、本当に役に立ったんですね……」

私の手から取り上げて、教授が水晶の傷を検分する。

「だからそう言った。本当にそそっかしい」

「す、すみません……あの、さっきのが暴走ですか？」

「そうだ。僕のローブがあって良かったな。これは魔力の放出を抑える効果がある」

それですぐに火が消えたのか。助けてもらった手前言い出せずにいるけど、たぶん今私はローゼンシュティール教授のローブの上から教授に抱きしめられている。鏡がないから確かめてはいないけど、他人に見られたら誤解される体勢じゃないだろうか。

こういうときほどタイミングは悪いもので、研究室の扉が無造作に開かれた。

「失礼いたします。教授、ゾフィお嬢様のお越しです」

ツンと澄ました声が室内に響いた。まず入ってきたのは赤毛にそばかす顔の侍女、オリヴィエちゃんだった。彼女は慇懃無礼にあたりを見回して私と目が合うなり目尻を吊り上げた。

「この泥棒猫！」

「えっ⁉」

ツカツカと歩み寄ってきた彼女は私の襟元を掴んで教授から引きはがそうとする。年下の少女なのにすごい力だ。

「この礼儀知らず！　貴族の男女が密室に二人きりになってはいけないのよ！　ローゼンシュティール教授に不名誉な噂が立つじゃない！」

「ご、ごめ……」

　あまりの剣幕に謝ろうとした。オリヴィエちゃんの言っていることが本当なら、教授や領主様に勧められるままにやってきたことだけど、考えなしだったし、それで迷惑を被る人がいるのなら大変なことだ。

「おやめなさい、オリヴィエ！」

　後から入ってきたゾフィ嬢が制止する。けれど怒り狂った彼女には逆効果だった。襟を掴む手に力がこもる。首元が絞まって苦しい。

「この恥知らずにはわからせてやる必要があるんです！　お嬢様に代わってアタシがこの女を排除してあげますから！」

　力負けして床に引き倒された。硬い床に背中が叩きつけられて痛んだ。カツ、という音に目をやると靴先が顔の前にあった。普通じゃない。ここまで怒る必要があるのか、理解できない。次は何をされるのかわからない。恐怖が背筋を這い上がる。少しでも距離を取ろうと転がったまま無様に後ずさろうとした。

「やめろ！」

　視界に黒いローブが翻る。教授が私とオリヴィエとの間に割って入った。

「邪魔しないで！」

「彼女は僕の教え子だ。危害を加えることは許さない！」

抑えたトーンではあったけど、魔術師の声はよく通る。許さないと言われて逆らえる者は本当にいないと思えるほどの力がこもっていた。

「彼女は『旅人』だ。私と同じく規格外の魔力を持っている。コントロールできなければ危険が伴うので私が直々に教えている」

「さっきのはどう説明するんです!? ただの教え子を教授は抱きしめるんですか！」

「そんなつもりはない。火の魔術の最中に彼女が怪我をしそうだったから、防護効果のある私のローブを与えただけだ」

「嘘じゃないわ、オリヴィエ。シノブさんの袖、燃えて無くなっているわ」

ゾフィ嬢は私を助け起こしながら、オリヴィエに向かって私の焼け焦げた袖を示した。

「ここは学院だ。ここでは君の言う身分も男女の別も無い。学ぶ者には平等な権利がある」

ゾフィ嬢とローゼンシュティール教授が言い聞かせるが、オリヴィエの目はまだ怒りの炎が燃え上がっていた。歯ぎしりの音まで聞こえてくる。

「特別なのはお嬢様だけです！　こんな、こんな何の取り柄もなさそうな女が特別扱いされるなんて、あってはならないのよ！」

オリヴィエは逃げるように去っていった。

勢いよく閉じられた扉ごしに、靴音が遠ざかっていく。深いため息が聞こえた。ゾフィ嬢が扉を見つめたまままっすぐに立っている。後ろ姿では何を考えているか読み取れないが、悲しみが彼女の周りの空気を沈ませているようだった。

「……お見苦しいところをお見せしてしまいました。申し訳ありません」

感情を押し隠すように、振り返った彼女は静かに礼をとった。

「見送りは結構ですわ。わたくしはオリヴィエを捜して帰りますから……」

「手伝いましょうか？」

「いいえ。オリヴィエにも、わたくしにも、頭を冷やす時間が必要だと思いますから」

断られてしまえばもう何も言えない。

「それでは、失礼いたします、教授」

「ああ……」

教授は何か言いたそうな顔をしていたが、結局は彼女を見送るだけに止まった。婚約者だと言うのに、労いの言葉ひとつない。心配しながら見守っていると、ゾフィ嬢は唇を歪めて微笑んだ。

「教授。貴方にとって、シノブさんは大事な教え子ですわね」

「……一番手がかかっているだけです」

「お気付きではないみたいね」

ぽつりと呟きを残して、彼女はオリヴィエを追いかけて研究室を後にした。緩やかに広がるドレスの裾が、彼女の矜持を表しているようで、少しの間見送った。

ゾフィ嬢とオリヴィエは頭を冷やして帰ったのか、はっきりとしてはいない。けれど、数日後オリヴィエの怒りは形を変えて私に向けられた。

「痛っ」

すれ違いざまに勢いよくぶつかられて、痛みに呻いた。相手は不愉快そうに眉根を寄せてこちらを見る。確か同じ事務員で、経理担当の女性だ。

「何よ、大げさね」

「ちょっとぶつかっただけなのに」

「ボーッと歩いてる方が悪いんじゃない」

連れ立っていた複数人でクスクス嘲笑う囁きが聞こえてきて、イヤーな感じだ。ムッとして言い返そうとした。

「ギレス様が貴女と話してくださるのは、貴女がただの事務員でローゼンシュティール教授の助手だからよ！　調子に乗らないでよね？」

「そうよ。教授だって、貴女が『旅人』だから面倒みてあげてるだけ！　期待するだけ無駄よ」

口ぶりに後ろにいる誰かが透けて見えるようだ。誰の差し金かわかって反抗する気も失せたのを言い負かしたと勘違いしたのか、彼女たちは満足そうに去っていった。

その日を皮切りに、ちょっとした悪態や意地悪をされるようになった。ぶつかってくるのは基本で、すれ違うだけで何かクスクス笑われたり、因縁付けられたり、聞こえよがしに馬鹿にされたり。普段の業務だけでも手いっぱいなのに、不快感が募っていく。

幸いなのは、助手課の人達がおおらかで優しく、私の災難を心配してくれていることだ。

「魔術科は今まで年配の方が多かったからありませんでしたけど、騎士科担当の助手からはよく聞く話でしたからねえ」

「だいたいギレスくんや教授がホントにシノブのことが好きなら、二人ともスゲー目が悪いかスゲー物好きってことになるのに、やっかんでるとわからなくなっちゃうもんなんすね〜」

ユリアンには脇腹に拳を一発めり込ませておいた。確かに美麗な二人に比べたら、私なんて平凡だろうけど、言葉は思っていても口を閉じておくべきタイミングがある！

人の噂も七十五日、二ヶ月半か……。指を折って数えながら、助手課から寮への道をたどる。異世界からやってきた私は領主様の目の届く範囲にいる必要があるので、領館の使用人さん達が使う寮の一室に住まわせてもらっている。他の職員さんは町に部屋を借りている人が多い。

学院から外へつながっている大通りには両脇に街灯が立っている。薄暗くなってきた中に火とは違う白い明かりが柔らかく広がる。これも『旅人』がもたらした技術と魔術を合わせて作り上げられたものらしい。まだ実験中で、学院の中だけに使われている。あちらの世界の気配を感じる道の向こう、門の前に人影が立っていた。

「……ギレスさん」

「シノブさん、今帰りですか？」

金色の髪に街灯の明かりが落ちて輝いている。優しく微笑む顔は、少し困っているようにも見えた。

「はい」

「送らせてくれないかい？」

思わず首を傾げた。ブーケを毎日贈ってきたり、偶然を装ってガンガン私のもとに訪ねてきていた彼にしては弱腰だ。いつもなら、助手課に直接来て当然のように一緒に帰る流れになっていた。

「聞いたよ。女性陣にひどく当たられてるんだってね」

「ああ……」

「配慮が足りなかったね」

ひどく落ち込んだ調子で言うものだから、努めて茶化してしまった。明るい声で大げさに両手を広げて肩をすくめる。

「悩むだけ無駄です。本当に付き合うことになったら、こんなもんじゃ済みませんよ？」

彼は私のおどけた仕草にクスリと笑った。常に柔和なギレスさんに暗い顔は似合わない。

一緒に笑いあって、そのまま門を出て歩き始めた。

「君は『旅人』で、ただでさえ苦労しているのに。僕が守ってあげたいのに、逆に大変な目に遭わせているね」

「全然ですよ。こういうのは、どこの世界にいても起きるもんです」

まさか自分が経験することになるとは思っていなかったけど。ギレスさんはまた悲しげに眉尻を下げた。

「僕の前では強がらなくていい。辛いときは辛いと言っていいんだよ」

「えっ」

思ってもいない言葉に戸惑った。強がっているわけではないんだけどな。

辛いというよりも、苛立ちのほうが大きい。私はただ真面目に働きたいだけなのに。ぶつかられて取り落とした書類を集め直す時間がもったいないし、行く手を塞がれてどいてもらうのに話しかけて馬鹿にされるのも時間の無駄だ。相手も私に関わっている暇があるなら、ギレスさんでも教授でも、騎士科のイケメンのところでもどこでも行けばいいのに。

これを辛いかと問われると、もう元の世界に帰れないことや、両親に会えないことのほうが辛かった。でも今は、助手の仕事を通してたくさんの人に関われて、テオさんやユリアンには愚痴を聞いてもらえるし、教授は嫌味ばっかり言うけど私が学んでおくべき読み書きや魔術はきっちり教えてくれる。知らない世界に放り出されたのに、すごく恵まれてると思う。

「……あの、全然辛くなんかないですよ? どっちかっていうと、イライラしてるんです」

「またそんな、強がりを……」

ギレスさんの顔に浮かんでいるのは同情だ。うーん、違うんだけどな〜。どう伝えたものか頭を悩ませながら歩いているうちに、寮の前に辿り着いていた。

「それじゃあ、また」

「はい。ありがとうございました」

途中で一度振り向いて手をあげるギレスさんに手を振り返しながら、何とも言えないすれ違いを感じていた。

三章　ドレスと手紙

　季節は移り変わり、秋を迎えていた。王国の北方であるヴェーヌスには「ヴェーヌスの秋は短い」という言葉があるらしい。確かに夏の日差しが和らいできたと思ったら、あっという間に冷え込んできた。木々の葉も赤や黄色に染まっている。

　研究室へ向かう途中、廊下の窓から見える景色から視線を剥がして、目的の扉を開ける。中に久しぶりに会う人を見つけて瞬きした。

「領主様、お久しぶりです」

「やあ。久しぶりだね、シノブ」

　研究室の書斎机の前にある一人掛けの椅子に、ゆったり脚を組んで座る領主のルートヴィヒ様が優雅に微笑んでこっちに手を振っている。その向かいには気だるそうに椅子に沈み込むローゼンシュティール教授。金髪碧眼の王子様系美男子の領主様の前にいて全く見劣りしていない。普段の口の悪さで頭の中からすっ飛ばしていたけど、そういえばこの人も美形だった。

「エメリヒにはもう話したけど、二人でこれから行ってほしいところがあるんだ」

「これからですか？」

ルートヴィヒ様はにこやかに頷いた。向かいの教授は椅子の肘掛けに頬杖をついて不機嫌そうに唇を曲げる。大好きな呪文を使える魔術の授業ができなくなったのが不満らしい。

「アーベント王国には、一年の終わりに冬越しの宴というのがあってね。領地をあげて祝うんだけど、うちの城でも盛大に晩餐会をやる」

「へえ〜」

年越しのカウントダウンイベントみたいなものかな。想像しながら相槌を打った。

「その宴に、君には領主が保護する『旅人』として出席してもらいたいんだ」

「へっ⁉」

領主様は長いお御脚を組み替えて笑みを深めた。さっきまで爽やかだった笑みが今は何か企んでいるように見える。

「私が何のために君をここに置いているか、わかっているでしょう？」

「えーと……『旅人』の魔力や知識が役に立つから、ですよね？」

「その通り！　君の知識の引き出し方や魔力の使い道についてはこれから考える必要があるけど、『旅人』がいるだけでその領地は栄えることが約束されたようなものなんだよ。他領から貴族がくる冬越しの夜会で自慢しない手はない」

「な、なるほど……」

こっちの世界に来た時点で聞かされてはいたけど、貴族に交じって晩餐会に参加することになるとは。日本じゃ庶民生まれの庶民育ちだし、このまま学院の事務員として平凡に過ごせるものだと思っていた。私の内心を見透かしてか、ルートヴィヒ様は目を細めて首を傾げる。

「何のために半年間、領館に通って行儀作法を習ったと思ってるんだい？」

「それで、ダンスまで習わされたんですね……」

ステップを覚えるのは大変だったし、毎日身体がどこか悲鳴をあげていたのを思い出してげんなりした。

「晩餐会は盛装が必須だから、今日は仕立て屋に行ってきてほしい」

「い、今からドレスを作るんですか？」

「いいや、前もって君の背格好は伝えてあるから出来ているはずだ。あとは細かい調整が必要なだけ」

「わかりました……お世話になっている分は、頑張ります」

本当は年末くらいだらだらしたいけど、受けた恩は返さなきゃ。それにすっかり庶民生活を送るつもりだったから、ちゃんとできるか不安だ。一応メモは取っているから、読み直して頭に叩き込んでおかなければ……。拳を握って答えると、領主様ににっこり微笑まれた。

「それと、ついでにエメリヒも連れて行ってほしいんだよ」

「はいっ!?」

教授が不平たっぷりに鼻を鳴らした。

「エメリヒ、昨年のを着ればいいと思っているなら大間違いだぞ。君は公爵家の一員だ。その名に恥じない威厳は保つ必要がある。君の服装がみすぼらしかったら、家族は心配するぞ？」

「必要ない」

「……」

整った眉がひそめられた。ローゼンシュティール教授と家族との微妙な距離感を、ゾフィ嬢やルートヴィヒ様の話でなんとなく察しているけど、今の彼の表情は迷子の子どものようだ。家族を安心させるため、それだけで言われるままにゾフィ嬢と婚約したり、何を考えているんだろうか。今も家族を心配させることを恐れて顔を曇らせている。普段はつまらなそうな顔しかしていないのに。

「わかった」

教授は眉間に深々としわを刻んだまま答えた。

ルートヴィヒ様の手配で馬車が用意された。仕立て屋まで行くのに教授の逃げ道を塞ぐためだろう。てっきりルートヴィヒ様もついてくると思っていたら、忙しい執務の合間を縫ってきたようで、用件だけ伝えたら事務棟の転移用石板であっさり帰ってしまった。

当然と言うべきか、馬車の中は気まずい沈黙が漂った。一応教授とその助手であり、教師と生徒という間柄でもあるけど、雑談なんてほぼしたことがないし、何度か試みたうちの微風呪文のときなんか、ひどい目に遭った。このまましゃべらずにいようかとも思ったけど、気になっていたことがふと口を衝いて出てしまった。

「教授って、ご家族とよく会ってるんですか」

向かいに長い脚を組んで座っていた教授が馬車の窓に向けていた視線を私に合わせる。薄暗い馬車の中で、窓から秋の日差しに照らされた端整な顔立ちや、シャープな肩のラインは絵画になりそうな美しさだ。彼は目を伏せて答える。

「いいや。ローゼンシュティールの領地はヴェーヌスからは離れているからな。石板を乗り継いで来るほどには気軽に行き来できない」

「石板って、領地をまたぐときは書類がいるんでしたっけ」

「そうだ。近隣で契約をして移動制限を外しているところもあるが」

領館と学院の事務棟を繋いでいて、決算や重要な判断を仰ぐときには何かと便利な石板だけど、移動距離に制限があったり、逆に悪用を防ぐために法律で制約が設けられていたり、魔術道具でもメリットとデメリットはやっぱりあるもんなんだなと実感する。

「離れていても気に掛けてくれているって、優しいご家族ですね」

もう会えない両親への寂しさもあってそう言うと、教授はくしゃりと顔を歪めた。

「恐れているんだろう、僕のことを」

「え？」

教授は苦悩に眉根を寄せながら、唇を開いては閉じる。しばらくして自嘲気味に呟く。自分に言い聞かせているような言葉だった。

「気に掛けているというならそうだろう。僕が魔力を暴走させたときのように、ローゼンシュティール公爵家の末子がいつ人を傷付けるか、醜聞になることを恐れている」

「なんですか、それ」

「実際、それぐらいひどい出来事だった。僕は姉上に深い怪我を負わせて、貴族令嬢として取り返しの付かないことになってしまった。決まりかけていた幼馴染との婚約もなくなって、意に染まない相手と結婚することになった。愛する妹に怪我を負わされて、兄上たちは僕を憎んでいるだろう。家族の幸せに亀裂を作った僕が、元に戻れると思うか？」

最後のほうは投げやりに、教授は窓の外に視線を戻した。その自暴自棄さが普段の傲岸不遜な彼らしくないし、何だかモヤモヤした。

「……それ、本人に聞いたんですか？　お姉さんか、お兄さん、ご両親の誰かに」

「……いいや」

「呆れた。じゃあわからないじゃないですか」

「なんだと？」

教授に睨みつけられて、私はここぞとばかりにふんぞり返った。同時に苛立っていた。呪文の抑揚やリズムがどうだの、文節がどうのと小難しいことに熱中する教授が、人と向き合うこ

とも、自分の心からも目をそらしている。私にとって教授は他人だし、放っておけばいいこと
なのに、どうしてだろう。

「それは教授の主観です。相手がどう思っているか、聞いてみなくちゃわからない。教授が思っていることを打ち明けて、家族とちゃんと話すべきです。今の教授は自分で自分の耳を塞いでいるようなものです」

「……」

「出来ませんか？　意外と臆病なんですね、教授って」

「この僕が臆病だと？」

「顔を合わせて話さないから誤解する。ヴュルツナー教授のときにわかったでしょう？　なのに家族と話し合えないなら、臆病以外のなにものでもないです」

「違う」

「違いません、教授は臆病者です」

「この……！」

切れ長の目が吊り上がる。どう罵倒されるか身構えていたところで、座席からお尻がちょっと浮き上がった。ガタンと大きな音を立てて馬車が揺れる。教授は冷静さを取り戻したようで、深く息を吐いて長い脚を組み替えた。

「……そういうお前はどうなんだ？」

「私ですか?」

教授は居丈高に顎をそらして鼻で笑う。私にペースを乱された腹いせか、嫌味な態度だ。

「ギレスとのことだ。お前こそ目を背けているじゃないか」

「それは……」

「考える時間が長くなればなるほど、ギレスに残酷なことをしているとは思わないのか？」

思わず唇を引き結ぶ。手痛い指摘だ。

「恋煩いと言えば聞こえはいいが、ギレスはお前を優先させて、本来の優秀さを発揮できずにいる」

「真剣に告白してくれたんですから、中途半端な態度は取れません」

「言い訳だな。問題から目を逸らして答えを先延ばしにしているだけだ」

「違います！」

気が付けばさっきの問答と同じ状態になっていた。否定しながら、教授の言葉が正しいことを理解していた。仕事やその他のことを言い訳にして、ギレスさんの想いを後回しにしている。なんて酷い人間だろう。見ないふりしていた罪悪感に下唇を噛み締める。

「なるほどな」

「……何がですか？」

私を追い詰めていた教授は疲れたようにため息を吐いた。

「正答を突き付けられて認められない人間がどういう行動をとるのか、よく理解できた」

ムッとして言い返そうとしたけど、教授は腕を組んで窓の外にすっかり目を向けてしまう。私に対しての当て擦りかと思ったけど、彼の横顔は何か深く考え込んでいるようだった。

二人とも押し黙ったまま、仕立て屋に到着した。

「っまあ～！　とってもよくお似合いですよ！」

中ではちょびヒゲを蓄えたシュテファンさんという店主さんが出迎えてくれた。腰をクネクネするおじさんに褒めそやされて私はむず痒い気持ちで鏡の中の自分を観察する。

いつも無造作にまとめていた髪は下ろされて、ここ数ヶ月で伸びた髪が肩下まで広がる。極太のカチューシャみたいなので頭頂部は覆われていた。これがヘッドドレスってやつだろうか。コルセットで締め上げてきた細腰のお嬢さんたちには勝てない寸胴なので、逆にひと昔前のコルセットのいらないデザインにしたそうだ。装飾の入ったベルトでウエスト位置を高めにして、脚長効果を狙っているっぽい。緩やかに広がるたっぷりの生地のスカートで、胸元から裾までの中央部分は細やかな刺繍の入った布地の切り替えが入っている。肩回りで膨らんだ袖も、リボンで飾られていたり、切込みが入ってその下からまた別の生地がのぞくという、とても凝っているドレスだ。

「領主様からの注文ですから、ワタクシどもも久しぶりに腕が鳴りましたわあ～」

「とっても、素敵ですね……」

私だって女の子なので着飾ることはそれなりに好きだ。ドレープのたっぷりしたドレスなんて誰だって一度は夢に見るだろう。何度か指先で裾を弄んで、翻るさまをうっとりして眺めた。シュテファンさんははしゃぐ私を馬鹿にすることなく嬉しそうにしている。

「せっかくですからぁん、教授にも見ていただきましょ！」

「えっ！」

止める間もなく試着室から引っ張り出された。壁際の椅子に腰かけてお茶を飲んでいた教授と目が合ってしまう。

「いかがですかぁ教授～？　とっても綺麗じゃありませんこと～？」

教授が他人のことを褒めるとはとても思えないし、婚約者はあの妖精系美少女のゾフィ嬢だ。鼻で笑われるに決まってる。

そう思っていたのに、教授はティーカップをつまんだ姿勢のまま、こちらを見て固まっている。静止しちゃうほどひどいってか！

「似合ってないのは自分でもわかってますから！」

失礼しちゃうわ。さっさと着替えようと試着室へ駆けこもうとした。

「いや、そうでもない。そうではなく……」

「なんですか？」

ぶっきらぼうに問うと、教授は戸惑ったように手で口を覆い、目線をうろうろさせた。

「ただ、姉上を思い出した」

「え……？」

「子どもの頃に、姉上が同じようなドレスを着ていた」

「んまぁ～！　そうですわねっ、教授がまだお小さい頃くらいに、コルセットを着る前の少女向けにこのデザインが流行りましたのよ～」

肩の縫い目を調整しながら話すシュテファンさんの声を聞きながら、馬車の中での会話を思い出す。教授の心に残っている傷はまだ癒えてないはずなのに、どうしてここでもう一度お姉さんのことが出てくるのか。戸惑って首を傾げた。

そのままシュテファンさんに促されて試着室に戻る。袖や裾の丈を調整してもらいながら、後になって気が付いた。教授のお姉さんが子どもの頃に着てたドレスを思い出したってことは、私が子ども体型だって言いたいのか⁉

何か文句を言ってやろうと試着が終わって応接間に出たけど、言葉を失ってしまった。

「襟元が苦しい。着られたものじゃない」

「よくお似合いですが……」

困惑するお針子さん相手に不機嫌そうなのはいつもの姿だ。普段はズルズルしたローブで見えない長い手足がよくわかる縦に縫い目の入ったキルティングで、男らしく厚みを出した胸と、引き締まったウエストのラインを強調した上衣とズボン。黒地なのは変わりないけど、襟元や袖にふんだんにあしらわれた銀糸の刺繍が美貌と相まって映えた。

素材が良いだけに良いものを着るとそれだけでハッとするほど輝いて見える。憎まれ口にたびたび忘れてしまうけど、エメリヒ・ローゼンシュティールは絶世の美男子だった。なんて憎らしいのか。

衣装合わせが終わって、迎えの馬車がくるまで待つことになった。

応接間のふかふかの椅子に案内されて腰を下ろす前に、窓の外に目が留まった。楽しげな音楽が聞こえてくる。子どもたちが笑う声も。

「今日は収穫祭の中日なのよぉ」

シュテファンさんの言葉に首を傾げる。

「収穫祭？」

「ええ、秋の収穫を祝うお祭りよぉ。一週間くらいあるのよ」

「へえ～！　楽しそうですね」

「楽しいわよお～！　夜なんか飲めや歌えの大騒ぎだもの」

今度は身を乗り出して窓の外に目を向けた。車輪の付いた屋台が通りを移動していく。窓越しにもにぎやかな雰囲気が伝わってくる。

「シノブちゃん、行ってらっしゃいな」

「え、でも、迎えが……」

「迎えくらい待たせとけばいいのよお！」

「じゃあ、ちょっとだけ……」

学園祭も楽しかったけど、こっちの世界ならではのお祭りは初めてだ。ワクワクしてきた。

「教授についてってもらうといいわよぉ」

「はいっ⁉」

「お祭りは楽しいけどね、初めてのコにはちょっと危ないわぁ。スリもナンパもいるでしょうしぃ」

ボディガードがわりに連れていけということらしいけど、一見して貧弱でインドアとわかる教授についてこられても全然頼もしくない。チラリと目を向けると、勝手に駆り出されそうな気配に教授の白い眉間に深いしわが寄っている。

「その点、教授は旅暮らしだったから慣れてるはずよぉ！」

シュテファンさんは教授の服を昔から仕立ててきたらしい。修業の旅の最中に、教授の師匠と二人そろって冬にこのヴェーヌス領まで訪れては、一年分の服を仕立てていたそうだ。

「……そうなんですか？」

恐る恐る訊ねると、渋面のまま教授は答える。

「多少は厄介ごとを避けられる」

「ホラホラ、決まりね！　いってらっしゃいな！」

最後のほうはシュテファンさんの力業でお店から放り出された。

店の外の大通りは人でにぎわっている。すぐにも飛び出したいけど、隣では不機嫌そうな教授が突っ立っている。置いていくべきか、迷って横目で顔色をうかがった。大げさにひとつ息を吐いた教授は組んでいた腕をほどく。

「行くぞ」

「いいんですか？」

戸惑う私を振り返って、彼は無表情のまま口を開く。

「読み書きや魔術以外に、見聞きしておくべきこともある。僕の師匠の言葉だが、真理だ」

涼しげな顔立ちで小難しいことを言っているけど、要はオッケーってことだ。

「ありがとうございます！」

「またローブを摑んでおくか？」

「結構ですぅ、気を付けます！」

教授にはいーっと歯を剝きだして、意気揚々と通りを歩きだす。ギターのような楽器をかき鳴らす吟遊詩人に、大道芸を披露する芸人、屋台で買った玩具で遊ぶ子どもたち。花冠をかぶった女の子がチラホラといる。

手押しの屋台の中には売り場を探して進んでいくものもあった。この先に広場があるらしい。石畳の上を木製の車輪がギシギシと音を立てて転がる。

植木鉢と花冠を積んだ屋台が広場に入ろうとしたとき、子どもたちがふざけて飛び出してきた。よけようとして、重たい荷をのせた屋台がバランスを崩す。こらえきれずに屋台は石畳の上に横倒しになり、地面に割れた植木鉢と草花が広がった。

「ああっ!」

屋台をひいていた女の人が悲鳴をあげる。

「ひどい! お母さんが一生懸命育てたお花なのよ!」

彼女の娘らしき女の子が飛び出してきた子どもたちを詰る。

「し、知らねーよ!」

「おれたちじゃねーもん!」

逃げ出そうとする子どもの首根っこを摑まえた。

「何だお前っ!」

「はなせよ!」

「悪いことしたら、ごめんなさいでしょ!」

「おれたちじゃねーって言ってるだろ!」

「あんたたちサイテー!」

私が言ってやろうとしたセリフを、女の子が先に叫んだ。目に涙をいっぱい溜めている。

「今日のために、お母さんがどれだけ頑張ったか……なのに、なのに！」

「『ここに遊べ』」

低くよく通る声が風を吹かせた。倒れていた屋台が浮き上がり、勝手に立ち上がる。

教授はそのままいくつかの呪文を唱えた。唱えるたびに、割れていた植木鉢が元に戻り、散らばっていた土が鉢の中におさまり、衝撃でしおれた花がみずみずしく蘇る。

その度に、周囲から歓声が起こった。女の子も涙の止まった目でポカンと見つめている。

すっかり元通りになった屋台の前で、教授は子どもたちを振り返る。

「しらを切っても、お前たちの過ちは消えないぞ。ここにいる人間が証人だ。何より、女神の足元で露呈しない悪事はない」

「ま、魔術師だ……」

子どもたちが恐れをなして震える。何より冷たく整った顔立ちの教授の睨みは効果抜群だ。

青い目が鋭く光って子どもたちを射ると全員が涙目になった。

「ご、ごめんなさい！」

「女神様許して！」

口々に謝る子どもに、教授は冷静に告げた。

「今ここで許しを請うのは女神ではなく、この屋台の女将だろう」

「ううっ、ごめんなさい！」

「ごめんなさい、おかみさん！」

「口頭だけでは生ぬるい。この屋台を手伝って、商売の苦労を少しは理解しろ」

普段はにっくき相手だけど、お見事。周囲からも拍手が起こる。

「よくやった！」

「悪ガキどもめ、おめーらの母ちゃんには言っておくからな！」

「魔術師様かっこいい！」

称賛にも教授はいつものすまし顔だ。何ともないと言いたげにローブの裾の埃を払っている。

屋台の女将さんが彼に向かって頭を下げた。

「ありがとうございます！　何とお礼を言ったらいいか……」

「必要ない。たまたま魔術師がいて運が良かっただけの話だ」

「でも、それじゃあこっちの気がすみませんよ」

女の子が花冠を取って教授に差し出す。

「これ、もらってください！」

「いや、いい」

「魔術師様がいらないなら、あのお姉さんにあげて。お姉さんも、あいつらを捕まえてくれたから」

「えっ、私？」

思わず自分を指差す。女の子はにっこり笑って頷いた。

「女の子は収穫祭には花冠をかぶらなくちゃ！」

「そ、そういうもんなんですか？」

教授に声を潜めて訊ねると、疲れたようなため息が返ってきた。

「そういうことなら、もらおう」

花冠を受け取って、私の頭の上にふんわりのせる。なんだかくすぐったい。そして周りの目も変だ。

「行くぞ」

「あ、は、はい！」

「ありがとうございました！」

「ありがとう！」

さっさと歩き出した教授の後を追いながら、お礼を言う母娘に手を振って別れた。

ぶわりと翻るローブ姿を追いかけていると、白い顔がちらりとこちらを振り返る。

「収穫祭に花冠をかぶる意味だが」

「え？　何ですか？」

「恋人がいるという意味だ。若い娘が恋人から花冠を受け取り、それを身に着けて夜の宴で一緒に踊ると、仲睦まじい夫婦になれるという」

「はい!?」

教授と夫婦なんて冗談じゃない！　慌てる私に教授は意地悪そうに目を細めて笑ったあと、急に真面目な顔になった。

「……認めたくはないが、お前の言う通りだ。会って話をするべきだな」

「何の話ですか？」

急な話題の転換についていけない。それより今すぐ花冠を外すべきだろうか悩んでしまう。

彼は理解してない私に不機嫌そうに眉をひそめた。

「姉上のことだ」

「あ、ああ。馬車の中の話ですか？　ずっと考えてたんですか？」

「僕にとってはずっと手が付けられなかった問題だ」

ふと目線を逸らして遠くを見る横顔は、私の目には寂しげに映った。

「あの、それは……私も言い過ぎました」

「そうだな」

こいつ。教授はあっさりと反省の色を引っ込めた。すれ違う人の喧騒に紛れ込ませるように、ぽつりと小さく語りだす。

「子どもの頃の僕にとって、姉上は両親以外で一番大切な人だった。年の離れた僕を可愛がってくれたし、何かと世話を焼いてくれて……」

「優しい人なんですね」

「ああ。それに、太陽のように明るい人だった」

そんな人に怪我を負わせて、彼女の人生に陰りを残してしまったと悔いているのだろう。

「そんな人なら、きっと教授に会いたがっていると思いますよ」

彼は青い目をゆっくりと私のほうへ向けて、何か言いたげに口を開いた。一度唇を閉じてフッと歪めたかと思ったら、半目で睨まれる。

「気休めを口にするな」

「は？」

聞き返しても教授はもう何も答えてくれなかった。お祭りはほどほどに楽しんで、手土産もいくつか買って仕立て屋さんに戻るころには迎えの馬車がきていた。

お姉さんと会ってみると言った教授に負けていられないし、私もギレスさんと向き合ってみようと思った。

仕事終わり。いつもならいそいそ帰るユリアンを見送って、資料をまとめたり明日の予定を書きだしたりしていたけど、今日は早めに切り上げて帰り道を急ぐ。

学院と外の境にある門の前で人を待った。

「シノブさん」

すっかり日が沈むのが早くなった。今にも消えそうな西日の中、金色の頭をしたギレスさんが少し離れたところで立ち止まって、驚いた顔をしている。

「一緒に、帰りませんか？」

思っていたよりも小さな声しか出なくて、自分が緊張していたことに気付く。ギレスさんは微笑んで隣に並んだ。

「ええ、喜んで」

黄色く染まった並木が見下ろす道は、地面にも葉が落ちて何もかもが金色に染まっていた。乾いた落ち葉を踏む音がやたらと耳についた。

「シノブさんが待っていてくれるなんて、嬉しいです」

「いつもギレスさんが待っていてくれたから……」

頰を紅潮させて笑いかけてくるギレスさんに、私も微笑み返す。とても優しい人だと思う。滅多に他人を褒めない教授が優秀だと評するくらいだから、私なんかにかまけて学業を後回しにしてはいけない。私さえ一歩を踏み出せば彼の状況が良くなるというなら、決断するべきだ。

「あの……、ギレスさん」

「僕のこと、考えてくれた？」

「はい……」

ぎこちなく頷くと、ギレスさんは眼鏡越しに柔らかく目を細めた。

「急がなくていいと言ったけど、強がってただけなんだ。ずっと待ってたよ」

「私……、ギレスさんのこと好きかどうか、わからないです。こっちの世界のことに慣れるのに必死で。でも、ギレスさんの気持ちに、優しさに応えたい。それで、少しずつ好きになっていけたら、いいなと思います」

「うん」

「それで……冬越しの夜会に招待されているんですけど、エスコートがいるんです。私と一緒に、来てくれませんか？」

この期に及んではっきりしない態度をとってしまうことが申し訳なくて、最後のほうは彼の顔をまともに見られなかった。ギレスさんはスルリと私の手を取って跪く。驚いて顔を上げた私ににっこりと笑いかけ、騎士の誓約のように告げた。

「もちろん。君をエスコートできるなんて光栄だよ」

レポートの束を抱えて塔の階段を上る足が止まる。私は一度小さくため息を吐いた。

さっきまでギレスさんがレポートを運ぶのを手伝おうとしてくれていたけど、親切な申し出を断るのにとても苦労した。彼は次の授業時間が迫っていて、私にかまっている時間はなかったはずだ。

エスコートを頼んで以来、ギレスさんは今までの紳士さに輪をかけて私のことを気遣ってくれるようになった。少しでも一緒にいたいという意思表示なのはわかってるし、ありがたいけど……仕事中は私も譲れない部分がある。

窓の外は黒々とした雲が重くたれこめていた。秋が終わるのはあっという間だった。

金色の絨毯を広げていた落ち葉は茶色く乾いてひび割れ、今は厚い雪の下に眠っている。あとはもうずっと曇り空だ。天気は雪が降っているか降っていないかしか変化がない。晴れ間がのぞくことはほとんどなかった。

もう一週間ほどすると冬休みに入る。私がこっちの世界へやってきて、もうすぐ年をまたごうとしていた。

「失礼しまーす」

いつものように研究室の扉を開ける。中ではローゼンシュティール教授が一人掛けの椅子に沈み込んでいた。長い脚をオットマンに引っ掛ける姿がまた様になっている。肘掛けに頬杖をついて、何か黒板に書き付けた呪文や記号と睨めっこしている。ただ考え事をしているだけなのにどうしてこうも絵になるのか。

「言われた資料、図書館から借りてきましたよ。司書さんからくれぐれも期限内に返すようにってめちゃくちゃ言われたんですけど、何かやりました？」

「ああ」

「あと学生さんから冬休み中に実験をしたいって希望が出てます。テオさんに聞いてみたんですけど、実技実験には担当教授が監督するか、許可証を書いて学生の自主性に任せるか、ってやり方が普通みたいです。どっちにします？」

「……ああ」

「今言ったこと、多分聞いてないでしょうから、メモしておきますね」

教授の目が黒板から外れることはなかった。呪文を吟味しているにしては陰鬱そうなのが気になったけど、書斎机に置かれた白紙のメモに伝言を書き付ける。用は済んだとその場を後にしようとして、低い声に呼び止められた。

「待て」

「はい？」

振り返ると、青い目がこっちをまっすぐに捉えていた。

「手紙が届いていなかったか？」

「手紙ですか？」

首を傾げると、彼は気まずそうに顔をしかめた。

「ならいい」

「えっ、いやいや。大事な手紙ですか？」

教授は珍しく歯切れ悪そうだ。

「……姉上に、会いたいと手紙を送った」

「ああ！　なるほど……いつのことですか？」

まっすぐに向けられていた視線が伏せられる。どこか心細そうな様子で、少し子どもっぽく見えた。

「仕立て屋に行った次の日だ」

「えーと、ってことは……」

指を折って日にちを数える。秋が終わって雪が積もり始めて、もうふた月ほど経つ。

「私よくわかってないんですけど、手紙って、どのくらいで届くものなんですか？」

「石板があるから遅くても一週間で届くはずだ」

「お姉さん、筆まめな方ですか？」

「そう聞いている」

「教授の手紙を偽物だと思ってるとか……」

「ちゃんとサインと封蝋を捺した」

ドンドン苛立ってくるのがわかる。彼はそのまま自暴自棄に息をひとつ吐いた。

「元々期待してはいなかった。僕は姉上を傷付けた張本人だ。人生を狂わせた加害者に会いたいと思うわけがない」

苦々しさがこっちまで胸に広がりそうな口調だった。励まそうとして、何も言えなかった。収穫祭で話した会話の最後に、「気休めを口にするな」と言われたのを思い出す。自分の言葉がこんな結果を招くとは想像できなかった。最初から教授は恐れていた。人を傷付けてしまった罪の意識を背負い続けて、大事な人から拒まれることを何度も賢い頭の中でずっと考えて傷付き続けていたのだと、今になって理解する。

「ごめんなさい……」

自分の声が震えていることに気が付いて、ギュッと心臓の辺りが苦しくなった。でも、あのまま立ち止まったままの、迷子のような彼を放っておくこともできなかった。行動を起こさなければ、何も変わらないと思って言ったことだった。でも傷付いたのは私ではなく、エメリヒ・ローゼンシュティールだ。

ああ。学園祭のときのことを思い出した。学生さんに肩入れして煽るだけ煽って、学園祭が失敗したらどうするのか。ただの助手の私は何の責任にも問われず、何の行動も起こさず、ただ相手を憐れむだけで終わる。あの時の言葉に奮起して学園祭は何とか上手くいったけど、それだって私ひとりの力じゃなかった。結局のところ私は、何も変わっていなかった？

「謝る必要はない。他人に言われるままに行動した僕がいけない。僕とお前では前提が違う。僕が大切な家族を傷付けたという事実は変わらない」

伏せたままの青白い顔で、諦めきったように呟く。罵倒されるよりもなお辛い。

「そんな……そんな風に、言わないでください」

「僕は、人と心を通わせることを望んではいけない人間だ。姉上のようにまた、傷付けてしまったら――」

教授の口調がたどたどしくなる。気が付いたら身体が動いていた。今にも椅子に沈み込んでいきそうだった広い肩を力の限り抱きしめる。思っていたよりも硬い感触で、もっと冷たいかと思っていたけど温かい。冷血漢だの人でなしだの散々文句言ったけど、ちゃんと体温のある人間だ。少し震えていて、頼りない。

「何のために呪文を学んだんですか。もう誰かを傷付けないためですよね？　私にそう教えてくれましたよね？」

びくりと腕の中の肩が身じろいだ。肩先で息をのむ気配がする。

「教授らしくないですよ。いっつも口は悪いし、態度はでかいし、偉そうだし。お姉さんに嫌われている？　教授を嫌っている人間がこの学院にどれだけいると思ってるんですか」

少しばかり恨みがこもってしまった。言葉と行動がちぐはぐだ。自分でも何をやっているのかと思う。でも私は教授みたいに頭が良いわけでもないし、言葉を尽くすと嘘っぽくなってし

まう気がした。

「教授なんか全然怖くありませんよ。こうやって触れる、普通の人間じゃないですか」

両手を背中に回すのがやっとの身体が硬直したような気がする。一瞬後には力強い手に両肩を摑まれて引きはがされていた。さっきまで死にそうな顔していた教授はいつもの仏頂面に戻っている。

「こういうことは、ギレスにやってやれ」

「はい？」

忌々しそうな口調で告げられる。さっきまで弱っていた人間がいつもの嫌味男に逆戻りだ。

「いや、やっぱりやめろ」

「ええ？」

「優秀な学生を惑わされてはたまったものじゃない」

「何なんですか……」

困惑しきって声をかけると、ギロリと睨まれる。

「ギレスは素晴らしい魔術師になる学生だ。お前のように、呪文の覚えの悪い、やる気も足りていない人間とは違う」

「はあ？　私だって、私なりに努力してますよ！」

「ならば努力だと認識しているレベルが低いのだな」

「ひどい！　そこまで言う必要あります⁉」

「悔しかったら早いところ全要素の初級呪文をマスターしてみせてほしいものだな」

「テオさんもユリアンも、もっと時間がかかったって言ってました！」

「凡人ならばそうかもしれないな。ギレスが気に入ったからもっとやる人間かと思っていたが、残念だな」

教授は大げさに肩をすくめてみせる。すっかりいつも通りの横柄な態度に歯ぎしりした。励ましてやって損した！　人の好意を踏みにじるなんてやな奴！

「あーあーそうですどうせ凡人ですよっ。もう終業時間なので、これで失礼しますぅ！」

声を張り上げて、私は地団駄踏むようにしてその場を後にした。

四章　冬越しの宴

学院はしばしの冬期休暇に突入し、城内は人の気配もまばらになった。

とはいっても、まだ研究から離れたくない教授や学生さんが残っているので、授業は無くなるけど私たち事務員の業務は残っている。実験や儀式に使用される教室の貸出管理や、器材の使用申請の受付、休暇中の教授に質問したい学生さんの繋ぎ……その他雑多なお仕事を事務員がこなしているけど、授業期間中よりも人数はぐっと減らして運営することになるので、私たちの休みもボチボチ入っているって感じだ。

普段よりのんびり静かなペースで仕事をこなして一週間ほど。とうとう冬越しの夜会の日を迎えた。

カウントダウンイベントというイメージは遠からずといった感じで、ヴェーヌス領は貴族も平民も全体でお祭り的な雰囲気になっている。ここ三日くらいはどこでも宴が開かれて、通りも出店で賑わっていた。

私はどっちかっていうと、胃がキリキリしてる。何せ領主様に近い席で晩餐を食べるのだ。それにドレスも着なきゃいけない。ダンスも参加必須だ。根が一般人な私にはハードルがハードルどころじゃなく城壁かなってくらい高い。昨夜はマナーについて家庭教師から教わったことを書き留めたメモを何度も読み返していて、よく眠れなかった。何回頭に叩き込んでも不安でしかない。

朝も早くから仕立て屋さんに移動する。試着でさらに身体にぴったり合うように縫い直されたドレスをお針子さんに数人がかりで着付けてもらった。背中を縫い合わせれば、もう自分で脱ぐことは出来ない。

「とっても綺麗よぉ～！」

シュテファンさんがクネクネしながら褒めてくれた。鏡の前でくるりと一周回ってみる。身体のラインに沿うように直されたドレスは美しいドレープを描きながら膝下に広がり、上品で優美な印象を与える。ヘッドドレスの下からこぼれる髪は、暖炉で温めたコテで丁寧に巻かれて編み上げられた。未婚の女性は全部の髪を結い上げてはいけない慣習らしいので、半分は肩下で緩やかに波打っている。

顔には白粉を薄く塗り、ほんのりと目元にアイシャドウとアイラインが引かれた。元々の吊り目が猫目っぽく強調されたけど、ミステリアスでなかなかいい感じかも。瞼と頬骨の高いところ、鼻筋に真珠の粉が叩かれる。真珠の粉って貴重で高いものだろうとびっくりしたけど、仕立て屋さんではボタンや装飾用に加工する過程で出てくるものらしい。

唇に淡い色の口紅を引いたところで、迎えの馬車が来たと知らせが入った。

「ありがとうございました、シュテファンさん」

「どういたしまして。今日のアナタ、とっても綺麗よ。にっこり笑えばパートナーはイチコロねっ！」

「うぐっ！　――は、はい。いってきまーす……」

素敵なアドバイスの最後にシュテファンさんの男らしいでっかい手でバン！　と背中を押される。内臓飛び出るかと思った。でも背筋がしゃんとして活力が入ったような気がする。

「こんばんは、シノブさん」

「ギレスさん、来てくれたんですね」

仕立て屋の前に停まった馬車。その横に盛装したギレスさんが立っていた。濃紺の上衣に毛皮のコート。上衣には金糸で刺繍が入っていて、同じ色の帽子を斜めにかぶっている。普段の黒いローブ姿とは違って新鮮だ。

「当然だよ。今夜の僕は貴女のエスコートだからね」

ギレスさんはにっこり微笑んで私に向かって手を差し出す。

「とても綺麗だよ。今夜の君の隣を独り占めできる僕は幸運だ」

「ギレスさんも、とってもカッコいいです」

「ありがとう」

歯が浮きそうなセリフもさらっと似合ってしまうのがさすがだなあ。感心しながらその手を取って、馬車に乗り込んだ。

いつもは転移魔術の石板で領館へ直行するけど、今日は貴族式だ。

城壁がぐるりと囲む領主の館に向かって馬車で進む。古い石造りの城と呼んでもいいだろう。雪を抱いた静謐な山と学院を背中に、厳粛に領主の城館はそびえている。過去には城塞の役割もあったから、学院もそうだけど、領主の館は山の斜面に建てられている。

馬車はぐるりと大きく迂回するように斜面の来客用の道を上っていく。騎士館や聖堂、納屋の屋根が城壁の向こうに見えた。細々とした内部は見えないように城壁が目隠ししている。領主様から聞いた話では、城で籠城できるようにある程度の広さの畑もあるらしい。

厳重な城門をいくつか越えて、やっと館に辿り着いた。前方に同じく招待客のものらしい馬車が何台も見える。どこの家のものかわかるように紋章が刺繍された旗が付けられている。

「シノブさんは紋章が決まっていないから、今夜は僕の家のものを使っているよ」

「ギレスさんの？」

「うん。あれだよ。雄鶏に麦の穂。他にも装飾があるけど、うちの基本は雄鶏なんだ」

「えーと、養鶏が盛んってことですか？」

「それもあるけど、うちの先祖は戦働きが勇ましかったらしくて、自分の勇ましさを雄鶏にたとえたんだよ。麦の穂は後代に畑が豊かになってから足したものなんだ」

「へえ～……」

うろ覚えの返事をしてしまい、脳裏に領主様がお説教するときの胡散くさい笑顔が浮かんだ。あれだけ言われたのに実践には不安がある。ギレスさんがパートナーで幸運だったかもしれない。

「ローゼンシュティール教授の紋章は見ごたえがあるよ。公爵冠が付いているのもそうだけど、それは見事な薔薇が描きこまれているんだ」

「薔薇？」

「そう。あの馬車の旗だよ」

ギレスさんが指差す先へ目を向けると、一台の馬車が車寄せに停まるところだった。掲げている旗には確かに薔薇が描かれている。遠目でも花びらの一枚一枚まで凝った意匠の刺繍が施されているとわかる紋章だ。上にのっているのが公爵冠だろうか。

「あれが……」

相槌を打ちながら、頭は別のことを思い出していた。ローゼンシュティール教授を抱きしめてしまった日以来、なんとなく気まずい。いつも通り業務をこなしているけど、顔を合わせると広い肩や体温を思い出してしまって動揺してしまう。異世界で一人で生きていくつもりだったから、人恋しくなっているのかも。

「シノブさん？」

「はい！」

気が付けばギレスさんがこっちを覗き込んでいる。鳶色の目と目が合うとふと優しく微笑まれた。

「緊張してる？」

「えっ、あ、あの……はい」

他のことを考えていたとは言えなかった。慌てて誤魔化した返事を彼は信じたようで心配そうに顔を曇らせる。

「大丈夫。僕がサポートするから」

「ありがとう、ございます」

申し訳なくてつっかえながらお礼を言った。

馬車の列の中でしばらく待ち、順番に車寄せから降りてエントランスホールに入る。中は石造りで、天井が恐ろしく高い。ぶら下がったシャンデリアは見た目こそ無骨だが、魔術がかけられているのか煌々とした明かりを発している。敷き詰められた赤い絨毯に、両脇にはお花の入った花瓶や鎧、高そうな絵画がズラリと並んで飾られている。ポカンと行儀悪く口を開けてしまわないように気を付けるのに一苦労だ。

大広間はエントランスとは空気が違って華やかだった。エントランスよりも広々とした空間をシャンデリアやテーブルの上の燭台などが、眩いほどに明るく照らしていた。室内の中央に晩餐用の長テーブルが並んでいる。上座に置かれたテーブルは領主様が座る場所だろう。テーブルには複雑な刺繍の入ったクロスがかかっていて、お皿が等間隔に並ぶ。花や果物は出席者同士の会話の邪魔にならないように適度に配置されている。

使用人さんの案内で指定された席に座るわけだけど、並んだテーブルには見向きもせず、まっすぐ領主様のテーブルの脇へ。

「こちらです」

「えっ」

私は思わず後退った。端っことはいえとても小市民の私が座っていいような場所には思えない。

「あの……本当にここですか？」

「はい、シノブ様のお席はこちらです」

再度案内された。

「えーと……」

「どうぞお座りください」

席次に物申すのは失礼にあたる。使用人さんはすまし顔で椅子を引いた。ギレスさんが私の動揺ぶりに苦笑しながら着席をエスコートしてくれる。

「今夜の貴女は『旅人』としてここにいますからね」

「領主様の期待が重いです……」

「貴女は努力家だから」

「そうですか？　教授には覚えが悪いとか散々言われますよ」

唇を尖らせながら言うと、ギレスさんは意外そうな顔をした。

「シノブさん、初級呪文は火まで進めたんですよね？」

「えっと、はい……今は形状変化を習ってます」

首を傾げながら答えると急に目が真剣な色を帯びる。

「なら、教授は貴女を弟子にと考えているのかもしれない」

「えっ？　そんな、まさかぁ！」

冗談だろうと笑い飛ばそうとするけど、ギレスさんは首を振る。真面目な表情がそれを許さない。

「半年でそれなら、貴女は優秀な魔術師になれる素質がある」

「魔術師に？」

「僕の初級呪文の全要素習得は、十二歳の時から始めて一年かかりました。火は特に扱いが難しいんです。僕の場合は、土まで半年で修めて、火だけに残り半年かかった。貴女はこちらの世界に来て間もないのに、読み書きも覚えたばかりで僕とほぼ同じ速さで、火の初級呪文まで進んでいる」

「いや、待ってください……。そんな、まさかですよ……」

混乱してきた。心なしかクラクラしている気のする頭を手で押さえながら、思考を整理する。

つまりは？　教授の言ってることは全部無茶苦茶で、私の呑み込みが早いから期待して鞭うってきてると？　飴のない鞭なんてただの感じの悪い態度でしかないんですけど！

「とりあえず教授が、教える人間としてなっちゃいないってことが、よぉっくわかりました」

「教授はいい人ですよ。地位や名誉にとらわれないし、学生の研究に協力的で、本人も研究熱心だし……」

「じゃあ人としてなっちゃいないんですね」

「それは……」

憤慨して腕組みする私に困惑していたギレスさんが口を噤む。

テーブルの反対側に一組の男女を連れて領主様がやってきたからだ。今夜の主催者に挨拶をするべく、席から立ち上がる。

「領主様、今夜はお招きいただきまして誠にありがとうございます」

「やあ、よく来てくれたねシノブ」

ルートヴィヒ様はにっこりと満足そうに頷いた。私の口上とお辞儀は及第点らしい。

領主様も今夜は盛装していて、雪深い冬の落ち着きを表すような濃い緑の上衣に金色の刺繍、胸元にはルビーの首飾りが下がっている。毛皮の縁取りがついたコートが豪奢だ。頭にのった帽子にはこれも深緑の羽飾りがついている。

「今夜の同伴者を紹介してくれよ」

「は、はい。こちらがハーラルト・ギレス卿です」

「ギレス子爵家の次男、ハーラルト・ギレスです。お目にかかれて光栄です」

「エメリヒから話は聞いているよ。とても優秀だってね」

「ありがたいことに、目をかけていただいています」

おお、大人な会話だ。見守っていると、ひと通り社交辞令を済ませて領主様が連れてきた二人を紹介する。

「もう二人とも知っているよね？　エメリヒ・ローゼンシュティール教授と、その婚約者のゾフィ・アレンス嬢だ。エメリヒの兄と私は幼馴染でね、彼は私にとっては弟みたいなものなんだ」

「こんばんは。素敵な夜にまたお会いできて嬉しいですわ」

ゾフィ嬢はたおやかにお辞儀する。銀の髪に淡い桃色のドレスが映えてとても愛らしく美しい。友好的な挨拶に私も笑顔でお辞儀を返す。

「こんばんは。こちらこそお会いできて嬉しいです」

春の妖精のような美少女の隣に仏頂面の教授が突っ立っている。目線が合うとまっすぐな鼻のあたりにしわが寄った。なんだその表情。

「こんばんは、教授。ゾフィ様の言うように、素敵な夜ですね」

婚約者同士なら衣装の色味を合わせるのが慣習だと聞いているけど、教授の格好は仕立て屋で見た真っ黒な上衣にちょっと銀糸の刺繍が縫い取られただけのものだ。上にのってるのが芸術品みたいなお顔じゃなかったら周囲の着飾った人たちに埋もれてしまっただろうし、ドレスコードを無視してるとしか思えない。

教授は私をじっと見て、しばらくしてから大きなため息を吐いた。

「確かに、にぎやかでうるさい夜になりそうだ」

刺々しい言葉に頬が引きつった。こいつ。貴族式に一生懸命友好的な挨拶をしたというのに。ドレスの裾に隠れてつま先踏んでやろうか。

両者の挨拶もそこそこに、ルートヴィヒ様を挟んでテーブルに着く。気が付けば長テーブルにはもう招待客が勢ぞろいしていた。

領主様がゴブレットを手に立ち上がる。

「ヴェーヌスの冬越しに集まってくださり、感謝します。我が領が今年も無事に年を越すことが出来たのはひとえに皆さんの力添えあってのことです。来年も努力を怠らず、ご支援いただいた皆さんに利益を還元できるように励むと誓います。……長々とした抱負はここまでで、今宵は大いに飲みましょう——乾杯！」

『乾杯！』

ルートヴィヒ様がゴブレットを高く掲げるのに合わせて酒杯を突き上げる。賑わしい空気がシャンデリアの照らすホールに広がった。隣り合った招待客同士が語らう声が聞こえてきて楽しげだ。最初のお皿がサーブされる音、食べ物を切り分けるカトラリーが上品に触れ合う金属音。大広間の脇に控えた吟遊詩人が控えめに音楽を奏で始める。

まさにファンタジーの世界だ。食事に手を付けるのも忘れてホール中を観察した。

その後の晩餐はルートヴィヒ様の咳払いで我に返り、慌ててマナーを思い出しながら何とか口にすることができた。途中でギレスさんも助け船を出してくれたのはありがたかった。ルートヴィヒ様も私に学院での仕事や生活に不自由がないか、ギレスさんには専攻している内容についてなど、話題を振ってくれて、和やかな会話を交わしながら食事を楽しめた。

滅多に食べられないような贅を尽くした料理に、『旅人』待遇も少しは悪くないかななんて現金なことを思ってしまう。メインのお肉はそれぐらい絶妙な焼き加減とソースだった。

ルートヴィヒ様を挟んで反対側の二人には、あまり話しかけられなかった。ゾフィ嬢とはもっと話してみたかったけど、教授という沈黙の壁のせいできっかけが作れずじまいだった。領主様も何度か会話を広げようとしたみたいだけど、教授はいつもの調子で切って捨てていた。

教授を除いて、晩餐は終始和やかな雰囲気で終わった。ホールを歓談と舞踏会の場に模様替えするためにゲストは騎士の間と呼ばれる小ホールへ案内される。軽い飲み物と食事が供されて、身分の関係なく会話を楽しむ時間のようだ。

長テーブルで身分の順におさまって晩餐をしていた貴族や商人たちが一気に領主様のところ

へ押し寄せる。目の前の人の波に、勢いに圧されて後退ってしまった。表情はにこやかでも漂ってくる気迫がただごとではない。

でもルートヴィヒ様はさすが領主といった威厳で、悠然と応対している。普段はちょっと曲者なお兄さんって感じだけど、こういうところはちゃんと領主様やってるんだなあ。

なんて思っていたら、領主様の矛先が私に向けられた。

「彼女が我が領にやってきた『旅人』です。非常に勤勉で、積極的に魔術を修得しています」

途端に人々の視線が私を射る。痛いほどの注目を浴びながら、持てる限りのおしとやかさを掻き集めてお辞儀した。

「シノブです。領主様には多大なる厚情を賜り、ご恩に報いるために日々研鑽を積んでおります」

「なんと殊勝な」

「変わった顔立ちだ」

「どこのドレスかしら」

「礼儀は覚えてきたようだ」

口々に囁かれる言葉が漏れ聞こえてきて、品定めされてるみたいで居心地悪い。丸まりそうになる背中を懸命に伸ばして微笑む。ルートヴィヒ様が後押しするように言葉をかけてくれた。

「シノブがこちらへ来てほぼ一年で読み書きもほとんど不自由がなくなったし、学院で働くことも申し出てくれた。『旅人』の中には能力頼みで生活は領主に頼り切る人間も少なくない。善良で真面目な君が我が領に来てくれたことに感謝するよ」

まっすぐに褒められて激しく瞬きした。マナーや貴族のお家事情の勉強もそこそこで、『旅人』としてよりも平民として暮らしたい願望の強い私は領主様にとっては扱いづらい役に立っていないと思っていたけど、そんな風に見ていてくれたとは。

「魔術のほうも有望なんだよね、エメリヒ？」

ルートヴィヒ様は少し離れたところに立っていたローゼンシュティール教授に同意を求めた。

教授は領主様を睨んだ後で私へ視線を向ける。

「約半年で初級呪文を土の呪文まで修めた。慎重さには欠けるが、恐れず失敗から学ぶ気概もある」

思わずポカンと口を開けてしまった。領主様に言わされた感はあるけれど、滅多に褒めない教授が認めてくれている。夢でも見ているんだろうか。

驚いている間に準備が整い、大広間に戻ると中はすっかり様変わりしていた。

長テーブルが片付けられて、奥には吟遊詩人を加えた楽団が控えめな音楽を奏でている。広間の脇には数人で囲む大きさの円卓がいくつか並べられていた。

中央はダンス用に広くスペースをとり、疲れた人や会話を楽しみたい人は傍らに避けてゆっくりできるようにとの配慮だろう。壁沿いには椅子や長椅子が置かれている。

「さあ、ここからは無礼講。年が明けるまで大いに飲み、歌い踊り、騒ごう！」

領主のルートヴィヒ様の号令で、楽団がにぎやかに音を鳴らし始める。さあ、ここからが踏ん張りどころだ。

「ギレスさん、足踏んじゃったらごめんなさい」

隣に立つギレスさんにやらかす前に謝ると、彼はクスリと笑う。

「気にしないで。じゃあ、行きましょうか」

差し出された手を取って、二人で広間の中央へ進んだ。

夜会でダンスっていうと社交ダンスをとっさに思い出すけど、こっちの世界は男女が身体をくっつけて踊る慣習は平民のすることだと考えられている。足型のバリエーションが決まっていて、横並びで手を繋いで、ちょっと歩いて右足を前に出したり戻したり、手を伸ばしたり、スカートをつまんで裾を翻らせたり。のんびりした動きなのに地味に覚えることが多いし運動量も多くて神経を遣うんだよね。フォークダンスにちょっと似ていて、数小節繰り返して踊ったらまた別のパートナーと入れ替わって踊る。

最初の曲は未婚の男女が踊る定番だ。男女がそれぞれ一列にならんでリズムに合わせてお辞儀をして手を取り合う。終わるとまた離れてお辞儀して、一人分ズレてパートナーを入れ替える。

「今夜の貴女は、本当に綺麗だ」

「お上手ですね。ギレスさんこそ、素敵です」

ドレスの裾が絡まって転ばないように必死になっていたところに、ギレスさんがうっとりと呟く。ドレスの内側はじっとり汗ばんでいるし、すでに息が上がりそうだ。ヨレヨレの女のどこが美しいのか。

「お世辞じゃないよ。そのドレス、よく似合ってる」

「……コルセットが着られなくて、時代遅れの型ですよ？」

「確かにそうかもしれませんが、周りを見てください。かえって貴女のドレスが引き立つ」

促されるままに周囲に目をやる。コルセットで締め上げた細い腰に、大きく広がったスカート。とても優雅だ。この中だと私の身体の線に沿ったストンとしたドレスは華やかさが足りない気がする。確かに仕立て屋さんが見劣りしないように頑張って仕上げてくれたと思っているけど、周りを見回せば綺麗な人はたくさんいる。白鳥の群れの中にカラスが一羽紛れ込んでいるみたいな感覚は否めない。

「ダンスもかなり練習したんでしょう？」

「ええ、まあ……」

「大変だったね。『旅人』だからと色々なことを背負い込まされる貴女は、見ていて辛いよ」

「辛い？」

「読み書きに、魔術に、貴族のマナーまで。真面目に取り組む貴女はとても健気だけど、一度にたくさんのことを要求する領主様や教授はあんまりな仕打ちだ」

「待ってください。私はそんな風に思ってません」

「ほら。貴女は本当に健気だ」

「そんなことないです」

石を呑み込んだような気分になる。上手く説明できない。何と言えば彼がわかってくれるのか、伝わる気がしなかった。

何か言う前に、次のパートナーへと移り変わってしまった。慌ててお辞儀をする。そこからは相手の足を踏んで大惨事にならないように必死で、誰の手を取っているかに意識がまわらなくなった。

繰り返してステップも慣れてきたころに、また新しい相手に替わる。私の手をすっぽりと包んでしまう、乾いてひんやりと冷たい手だった。ふと顔を上げて思わず叫んだ。

「ヒエッ」

「なんだ、その間抜けな声は」

「す、すみません」

エメリヒ・ローゼンシュティール！　ダンスなんて興味なさそうなやつがなんでここにいんのよ！　端整な顔とスタイルで淡々と踊りこなすところは普段の根暗インドア貧弱ぶりからは意外な姿だった。

「えーと。教授って、ダンス踊れたんですね？」

「普通の貴族と育ちは違うが、覚えるべきことは覚えさせられた」

「へえ……」

普段は傍若無人な教授が貴族の慣習に従うのは意外だった。でもそうか、家族を安心させるためにって勧められるままに婚約までした人だ。公爵家、家族というものに対して、彼は負い目を感じているのだろう。見ていて歯がゆくあるが、これぱかりは彼が自分で結論を出さなければいけない問題だ。

「その格好」

「はい？」

「似合っている」

意外な言葉に、思わずつんのめりそうになった。何とかこらえて、返事する。

「その、お姉さんが子どもの頃に着ていたドレスと似てるんですよね？」

目を向けると、青く澄んだ瞳が不機嫌そうに細められた。

「そうじゃない」

「違うんですか？」

「違う。……もういい」

何なんだ。ふいとそっぽを向いてリードする教授に半目になる。もしかして、怒ってる？

横顔からうかがう教授の表情は子どもっぽく拗ねているように見えた。

教授の不可解な態度のせいで集中が途切れてしまったらしく、次の足型が何だったのかうっかり忘れてひっくり返りそうになる。

「わっ！」

「気を付けろ」

しっかりした腕に背中を支えられて、とっさに顔を上げた。間近に整った顔があってたじろぐ。長い睫毛が瞬きに合わせて上下している。それだけのことなのに、どうしてか頬が熱くなった。

「す、すみません……疲れてきちゃって。どうやってここ離れたらいいんでしょう？」

訊ねると、教授は大げさにため息を吐いた。そのまま引っ張られて舞踏の輪から離れる。思っていたよりもスムーズな動作だ。

「どこかで休むか？」

「え、えっと、涼しいところがあれば……」

「バルコニーだな。窓を開け放してある」

連れ出してくれたバルコニーは、教授が言う通り大きなアーチ形の窓が開け放されている。バルコニーと室内を区切るようにカーテンがかかっていて、外からの気温を遮る魔術がかかっているようだ。外は雪景色だったけど、踊り疲れて火照った身体にはありがたい寒さだ。ほっと息を吐く。

「教授？」

ふと気付くと、教授はバルコニーには入ってこずにカーテンの向こう側に立っていた。ホールの明かりに照らされて細長いシルエットが浮かび上がっている。

「貴族の男女が気安く二人きりになってはならない。習わなかったか？」

「私、貴族じゃないですけど……」

「今はな」

「不吉なこと言わないでくださいよ。私は平凡な事務員として学院で一生働いて暮らすんです！」

グッと拳を握ってみせると、カーテンの向こうでひそやかに笑う気配がする。

「ぜひとも頑張ってもらいたいものだな」

「言われなくとも、頑張ります――ックシュ！」

急に寒さを感じてくしゃみが出た。ドレスを着こんでいるけど、その下で鳥肌が立っている気がする。腕をさすっていると、カーテンの隙間から黒い服が差し出された。

「着ていろ」

「え？　いいんですか？」

「いいから」

少し開けられたカーテンから長い腕が伸びる。強引に肩に着せかけられた。慌てて落ちないように襟を摑む。

「あ、ありがとうございます」

返事はなかった。さっきまで教授が羽織っていた上衣は少し温かい。研究室でよく嗅ぐ古い紙とインクの匂いがする気がした。ありがたくしっかり身体に巻き付ける。

「教授って、ゾフィ様と結婚したらどうするんですか？」

ふと疑問が口をついて出た。家族への負い目があることや、ゾフィ嬢との了承のうえでの形だけの結婚をする約束や、そういうのを差し引いても、教授は案外面倒見が良いかもしれないと思う……心の壁の分厚さや口の悪さが仇をなしているけれど。

でもどうして聞いてしまったのか、自分でもわからない心の動きに、忙しなく外の景色を観察する。私の立っているのとは反対側に階段がつながっていて、中庭へ下りられるようになっている。山の斜面に立っているせいか、かなり急な階段だ。中庭も、冬の今は雪に覆われていて、少し遠いところに凍った噴水が見える。

「別に、どうもしない」

「どうもしない、って」

「表面上は夫婦として過ごすだろうが、それだけだ。ゾフィ嬢もそれでいいと言っている」

「家族が欲しいとは思わないですか？」

「思わない。僕が誰かを幸せにできるとは思えない」

　低められた声に思わず振り返った。教授らしくないセリフにモヤモヤする。

「その考え方わからないです、全然」

「そうだろうな」

「もったいないですよ。そうやって幸せになることを拒んでたら、いつかしっぺ返しくらいますからね」

　気付いたら寒さを忘れ拳を握っていた。

　厳しさは優しさだとか言うのはまやかしだ。私が魔術師として見どころがあるなら言ってほしかったし、読み書きに困らないようにするために口うるさく指摘していたのならそうだと教えてほしかった。その裏に思いやりがあるなんてわかるわけがない。

　強がりや皮肉は誤解されるだけだ。男女の愛情でも、人間愛でも、自分が誰かに愛されていることに気付かないなんて愚か者だ。考えていたら段々腹が立ってきた。借りていた上衣を脱いでホールの中に飛び込む。

「これ、ありがとうございました！」

　上衣を突き返して教授を睨む。戸惑いながら受け取る相手に、苛立ちたっぷりにガンつけてやった。

「おい？」

「教授は賢いけど、馬鹿です」

「何だと?」

いーっと歯を剝きだして言い逃げしてやる。戸惑った視線が背中に突き刺さっている気がしたけど、そんなの知ったこっちゃない。今までの分も含めての仕返しだ。

五章 婚約解消

「年が変わる前に、皆に知らせておきたいことがある」

楽団の演奏が止み、ルートヴィヒ様が宣言した。隅っこで使用人さんからもらった飲み物で喉を潤していた私はホールの中央へ目を向ける。

「来年になれば結婚するめでたい二人をここに紹介したい。ローゼンシュティール公爵家の末子で我が領にあるアーベント王国王立学院魔術科の教授、エメリヒ・ローゼンシュティールと、アレンス家の一人娘、ゾフィ・アレンス嬢だ」

拍手が起こる中で、ゾフィ嬢と教授が領主様の隣に進み出た。夜の闇を溶かしたような漆黒の髪に輝く青い瞳、月の光のような銀の髪に淡い緑の瞳。着飾って並ぶ姿は似合いのカップルに見えた。けれど、二人の顔はこれから結婚する喜びはなく、深刻な色が浮かんでいる。

「簡潔にではあるが、今夜この場にいる我々から、若く未来ある二人を祝福したいと思う」

「お待ちください！」

ルートヴィヒ様の演説を小鳥のように愛らしい声が遮った。客人たちがざわめく。本来異議を唱えるはずのない婚約者の片割れの、ゾフィ嬢が声を張り上げて肩で息を切らしていた。

「このような場でお話しする無礼は承知の上で、申し上げたいことがございます」

　色の薄い彼女の瞳は爛々と輝き、白く滑らかな頬は決意に引き締められている。

「申してみなさい」

「ありがとうございます。――わたくしは、この婚約を解消したいと思っております」

　客人たちの間でどよめきが起こった。

「何を言い出すの、ゾフィ！」

「そうだぞ、こんなところで！」

　ゾフィ嬢の両親らしき二人が叫んだ。母親らしき人は今にも気絶しそうなほど真っ青な顔色をしている。美人だがゾフィ嬢ほど浮世離れしてはいない。ルートヴィヒ様が大げさに手を振って黙らせる。

「静まれ！　――ゾフィ嬢。婚約はよほどの理由がなければ解消できない。それがわかってのことか？」

「はい」

「理由を聞かせてもらっても？」

　遠目にも彼女の細い首筋が強張るのが見えた。細い両手を握り合わせ、彼女はもう一度口を開いた。

「わたくしはアレンス伯爵家の一人娘です。公爵家の末子であるエメリヒ様には結婚後は婿として我が家に入っていただくつもりでした」

「そうだね」

「ですが、公爵家の方を我が家にお迎えできるほど、今の我が家に財はございません」

客人たちが再び騒ぎ出し、静まらせるのに時間がかかった。

「我が伯爵家は今や見た目はいいだけのはりぼてです。我が家がこうなったのも、全ては両親が身の程知らずな望みを抱いたせいです。一時はわたくしを王太子殿下の妃にしようとあるだけの財を注いでわたくしを育てました」

「なるほど。だが、エメリヒは教授として働いている。未来の夫の稼ぎを当てにすればいいのではないかい？」

「それでは教授に対して誠実ではありませんわ。何より、両親は懲りずに借財までするようになりました。わたくしをこの国一番の花嫁に仕立てるためだと贅沢を手放しません。今も返せる当てのない金額だけが膨らみ続けています。瑕疵のないお家に婿入りされるならまだしも、これではローゼンシュティール教授ばかり損な役回りになってしまいます」

「アレンス家の借財はそれほどまでに？」

「はい。暮らしぶりは王族もかくやというほどですが、そのせいで借用書は山のように。教授との婚約が決まってから浪費はますます酷くなりました。わたくしは両親の目を覚まさせたいのです」

　ここで初めてゾフィ嬢は教授へ目を向けた。血の気が引いて申し訳なさそうな顔が哀れなほどだった。

「事がここまで至っては、公爵家にまで累が及ぶことになりかねません。どうか、婚約を解消してくださいませ！」

　振り絞るような叫びだった。張り詰めた緊張感を纏う彼女に反して、教授は落ち着いていた。表情を変えることもなく、重々しく頷く。

「……了承した。公爵家へは私が経緯を伝えよう」

「ありがとうございます……！」

　ゾフィ嬢は泣き出しそうに顔を歪めて礼を言った。静かにアレンス伯爵夫妻を避けるようにして人垣の輪が出来上がる。その中心で、ゾフィ嬢の両親はショックを受けた表情で立ち尽くしていた。

　動揺の広がる客人たちを誘導するようにルートヴィヒ様が手を叩く。

「アレンス伯爵家の借財については、私が仲介しよう。返済計画を立てさせて、商人との間を取り持つ」

「ですが、領主様……」

「こういうことは第三者が介入したほうがいい」

　ウィンクする彼に、ゾフィ嬢は戸惑いながら微笑む。

「どうぞ、よろしくお願いいたします」

「うん――騒がせてしまってすまないね、皆。さあ、宴を続けよう！」

領主様の機転のおかげか、大広間の空気は楽団の音楽によって再び軽快なものへと戻った。たった一晩のことなのに、ものすごく長く感じる。私はダンスに戻る気にもなれずに、壁際で飲み物片手に突っ立っていた。目の前で教授とゾフィ嬢が婚約解消したことがまだ信じられない。貴族の婚姻って、国王の許可が必要だって聞いたけど、そんなに簡単に解消できるものなのかな？　でも、領主様が止めなかったってことは、解消させるに足る理由だったってことだろうか。

ふと辺りを見回す。誰かが口論する声が聞こえてきた気がしたのだ。バルコニーに繋がる窓の向こうから、金切り声に近い罵倒が聞こえてくる。

「嘘吐き！　教授と結婚するって言ったじゃない！」

聞き覚えのある声だ。そっと近付く。カーテンの隙間からうかがうと、ゾフィ嬢といつも一緒にいる、侍女のオリヴィエがいた。

「オリヴィエ、わかってちょうだい」

言い聞かせているのはゾフィ嬢だ。困惑した表情でオリヴィエを見つめている。

「いいえ、いいえ！　うちはヴェーヌスで一番の商人よ、お金ならうちが出すって言ったじゃない！　お嬢様は幸せになるべき人なのに！」

「あの結婚に、わたくしの幸せはないわ」

困った表情だけど、言葉はきっぱりとしていた。

「それなら、隣国の王子様はどうです？　それか王弟殿下！　お嬢様を見れば結婚したがるはずです！　お金なら心配しないで！　王妃様を輩出した家にお仕えするのは名誉なことですもの！」

「オリヴィエ、違うわ、違うのよ……貴女もお父様もお母様も、わたくしのことをわかってないわ」

「アタシは誰よりもお嬢様の幸せを考えています！」

オリヴィエは間髪を容れずに叫ぶ。きっちりと整えられた赤毛を振り乱す姿はまるで冷静さを失っていた。

「貴女には感謝しているわ。貴女のお家の商会がうちの借財をまとめてくれて、取り立ても待ってくれているし。貴女がいなければ、うちはどうなっていたか……」

ゾフィ嬢は心から感謝しているようだった。オリヴィエを落ち着かせるように優しい口調で話しかける。

「そんなことどうだっていいんです！」

「オリヴィエ……。わたくしは、貴女のことお友達だと思っているわ。貴女はどう？」

「……」

「オリヴィエ……」

「お嬢様は、他とは違います。生まれたときから周りに愛されて祝福されるために生まれてきた人ですもの。あの『旅人』なんかとは違うわ。アタシとも、違う」

「そんなことないわ。わたくしだって、貴女と変わらない、普通の女の子よ」

「違います！」

　オリヴィエは気付いていない。ゾフィ嬢が傷付いて息を呑んだ姿を見もしないで、ずっと首を振って否定する。下唇を噛み締めながら、彼女は反論する。

「違わないわ。貴女が美しいというこの髪だって、肌だって、全部人の手が入っているからよ。何もしなければ、貴女と同じよ」

「それはお嬢様がご自分の美しさをわかってないからだわ。手入れなんかしなくたって、きっとお嬢様は綺麗よ」

　ゾフィ嬢の言葉を何ひとつ聞き入れない。彼女は諦めたように肩を落とす。それから、まっすぐにオリヴィエを睨みつけた。

「正直に言うわ。オリヴィエ、わたくしは誰とも結婚したくない。わたくしは、結婚が幸せだとは思えないわ」

「何てことを言うんですか！」

オリヴィエは耳をつんざくほどの声で叫んだ。

「夫の帰りを邸でひとり待つだけの人生なんて、退屈だわ」

「そうなりたいと願う女がどれだけいると思います？　お嬢様は贅沢だわ！」

「贅沢でもいいわ。わたくしが幸せだと思えないことを押し付けられるのは、迷惑だわ」

「な、なんですって……」

「迷惑だと言ったのよ」

ゾフィ嬢は平静だった。彼女が落ち着くほどに、オリヴィエは取り乱して、夜目に見てもわかるほど興奮してわなわなと震えている。激情に駆られたように、腕を振り回して叫ぶ。

「煌びやかな宝石やドレスを身に纏って、貴婦人の頂点に立つべきお方です！　貴い男性と結ばれて、誰もに羨まれながら幸せになるべきなの！」

「オリヴィエ、どうして貴女はそこまで……」

「お嬢様こそ幸せになるべき人なんです！　美しく優雅で、貴族として生まれて、特別なのよ！　アタシには無いもの。その髪も、目も、綺麗な指も、何もかも！　だから、アタシの分までお嬢様は幸せになるべきなんです！」

喉が張り裂けんばかりの訴えだった。冷たい沈黙が降りた。

「幸せになりたいのは、貴女ね？　オリヴィエ」

彼女は冷静だった。オリヴィエがハッと身体を揺らして狼狽する。

「どうして自分が幸せになろうと思わないの？」

一歩近づいた主に、オリヴィエは気圧されるように一歩下がった。

「……お嬢様にはわからないわ。商人の娘は逆立ちしたって貴族の娘にはなれないの！」

「そうね。貴女は貴族じゃない。商人の娘がわたくしの結婚に指図はできないわ」

オリヴィエへの友情について、踏ん切りがついたようだ。ゾフィ嬢はぴんと胸を張って答える。

「貴女のことは友達だと思っていたけど、違ったみたいね」

「お、お嬢様……？」

「身分の高い男性と結婚したいなら、貴女がなさい、オリヴィエ。わたくしはできないわ」

ゾフィ嬢は貴族令嬢らしい気高さで、オリヴィエに背を向けて歩き出す。

「無理だって、知ってる癖に……」

「え？」

「嘘吐き！　裏切り者！」

一瞬の出来事だった。オリヴィエが怒りに突き動かされるまま手を伸ばし、ゾフィ嬢を突き飛ばす。恐ろしいほどの力で、細い少女の身体が簡単に傾いた。背後には階段があった。急な傾斜を何度も身体を打ち付けながら転がり落ちていく。

「ゾフィ様！」

バルコニーに飛び出した時にはもう遅かった。雪の積もった中庭に、花弁が散るように桃色のドレスと銀の髪が広がる。

「お、お嬢様が悪いのよ……アタシは悪くない……アタシは……」

呆然としながらオリヴィエは後退る。カッと怒鳴りつけそうになるけど、今はそれどころじゃない。

「教授！　手を貸してください！」

ホールへ向けて叫ぶと、すぐにローゼンシュティール教授がやってきた。わりと近くにいたようだ。事情を説明するのも惜しくて、階段を駆け下りる。

「ゾフィ様！　目を開けて！」

力なく横たわる少女の前に膝をつく。白い雪の上に真っ赤な血が滲みだしていた。輝く銀色の髪も血で汚れている。こういうとき、頭を動かしてはいけないって学生時代の救命講習で習ったけど、あとはどうすればよかったんだっけ？　意識確認に、呼吸確認……。どうしよう、どうしよう。外の寒さも相まって、歯の根も合わないほど震えてくる。

「落ち着け」

大きな手が肩を掴む。振り返ると教授が真剣な顔でこっちを見つめている。ハッと我に返る。

そうだ、まず私が冷静にならないと。

「お、お医者さんを！」

「呼んだ。だが医者が来てもこれでは……」

教授の言葉に反論しようとして気付く。そうか、いくつか進んだ技術が持ち込まれていても、こっちの外科手術の技術では日本と同じように助けるのは無理かもしれない。

「治癒のための魔術はないんですか？」

「ない。魔術は火水風土の四要素に基づいている。誰にも覆せない法則だ」

「そんな……魔術って、もっと便利なものじゃないんですか……」

ぐったりしたゾフィ嬢の顔はドンドン血の気が失せていく。打ちどころが悪ければ、階段から落ちただけでも死ぬ人はいっぱいいる。

しばらくして医者と数人の人手が駆け付けて、城の客室の一室に運び込まれた。

「残念ですが、頭がい骨が陥没して、意識が戻らない」

「それって、助からないってことですか？」

「今夜が峠ですな。しかし、助かっても苦しむだけかもしれません……」

頭から流れ出る血は止まっていない。仰向けに寝かされた枕にも血が染みだしていた。あまりの痛々しさに胸が苦しくなる。

「そんな……」

言葉が出てこなくて、目から涙が零れ落ちていくのが止められない。

部屋の中から医者や使用人が出て行って、静まり返る。自分のしゃくりあげる声がやけに大きく聞こえた。喉がひりついて苦しい。

「お前はいつもそうだな」

教授は部屋に残っていた。もたれかかっていた壁際からこっちへ近づいてくる。

「誰にでも肩入れして、首を突っ込んで助けようとする。それが無茶苦茶な道筋でも、正しいと思ったら愚直に進む」

「……こんな時までお説教ですか？」

教授の顔も見ずに答える。涙が頰を流れるままに泣き続けた。

「元とはいえ、婚約者が死ぬかもしれないんですよ。悲しくないんですか？」

「……お前こそ、出会って日の浅い相手だろう」

「だって、ゾフィ様みたいに優しい人、絶対に死なせたくない」

「そうだな」

珍しく素直な同意に思わず顔を上げる。教授は相変わらずの無表情だった。何を考えているのかよくわからない。

「だからこそ、お前なら出来るのではないかと信じてしまう」

　細長い指が私の顎をつまんで持ち上げた。強引に視線を合わされる。青い瞳はこっちの心の奥底まで見透かすように覗き込んでくる。教授の無表情はいつものことだけど、その中にどこか真剣な色が滲んでいた。呪文構築の名手は、何かに挑むような、真摯な声音で続ける。

「お前なら、助けられるかもしれない」

「え？」

「あくまで可能性の話だ。それも、誰も試したことはない」

「やります」

　考えるまでもなく答えた。力任せに袖で涙を拭う。目の前で死にかけている人を助けない理由はない。ゾフィ嬢とは出会ったばかりだけど、もっといろんな話をしたいし、もっと仲良くなりたい。貴族令嬢だなんて身分は今はよそに追いやって、強く願う。

「お前ならそう言うと思った」

　教授はうっすらと微笑んだ。無表情か不機嫌そうな顔しかしない彼の、人間らしい表情。絡まっていた糸がほどけるような瞬間だった。平時ならびっくりしただろう。けどこの時は極限状態でそんなことに驚くほうに気が回らなかった。

「私なら出来るって、どういうことですか？」

「師匠から聞かされた話だ。『旅人』には、女神の加護がある。四要素の精霊の他に、女神が力を貸してくれる。だから『旅人』は特別なのだと。大昔には治癒の力を使った『旅人』が存在していた」

『旅人』なら、治癒の力が使えるかもしれないってことですか？」

「可能性の話だ。ここ百年の間にいた『旅人』では確認されていない」

「でも、ほんの少しでも可能性があるってことですよね」

引かない私の姿勢に、教授は呆れたように肩をすくめる。

「ここに僕がいることに感謝するんだな。古代魔術の呪文まで、正確に記憶している」

こんな時でも偉そうなやつ。半目で睨みつけながら教授を急かした。

「早く教えてください」

「きっちり正確に覚えろ。僕も何が起こるか予測できない。誰が詠みあげても何も起こらなかった。お前だけが使えるかもしれない呪文だ」

「わかりました」

力をこめて頷く。教授は懐からペンとメモ帳を取り出して、呪文を書き出した。教授が詠む声に耳を傾けて全身の神経を集中させる。

「いいか、この二行目の抑揚は独特だ。それから三行目の発音はアクセントに気をつけろ。発音は慎重に」

「はい」

口の中で何度も反芻させながら頭の中に定着させる。

「あとはお前次第だ。僕はお前なら出来ると思っている。この目で貴重な古代呪文が蘇るのを見られるとな」

安心させるように肩を叩かれて、思わず瞬きする。切れ長の目は優しく細められていた。教授もこういうところをもっと見せれば、もっと周りから好かれるようになるかもしれないのに。

「どうした？」

「いいえ、何でも」

首を振ってみせる。今はそんなことよりも、ゾフィ嬢を助けなくては。

寝台の傍に跪いて、ベッドの上に伸びる彼女の手を握る。冷たい。少しでも体温が戻るように両手で握って、額に掲げた。

呼吸を意識する。吸った空気が身体を循環して、吐く息に呪文をのせた。

『始まりの乙女よ。貴女は最初に大地を創った

育った草木に歓喜の涙を落とし、海を創った

歌声を遠くまで響き渡らせ、風を生み出した

創造された世界へ、我らを愛し子として産み落とし、我らに火を与えたもうた

我らの母よ、忘れはしない、貴女の腕を、歌声を、ぬくもりを

我らに残されしこの世界は、貴女の愛で満たされている』

暗誦するうちに、握った手が燃えるように熱くなった。押し流されそうな何かがそこから流

れ出して、手を放さないように必死にしがみつく。目も開けていられないほどの光の奔流が溢れ出し、眩く部屋の中を満たしていく。お願い、お願い。祈る気持ちで力をこめた。

最後の言葉を詠唱し終えたとき、あたたかいものに包まれるような感覚がした。人の腕のような。何も見えない。でも、母親に抱きしめられた時のように心地よく、全身から力が抜けるように安心する。何か囁きかけられたような気がした。歌うような、声とも思えないような優しい響きが身体中に広がった。

膨らみあがった何かが反動で収縮するように、急に身体の中から魔力が引きずり出されていく。手のひらを伝って、ゾフィ嬢へ。怖くなるほどの勢いだった。魔力が暴走した時のことを思い出す。もしこのまま手を放さずにいて、彼女が死んでしまったら。

不安は一瞬後には無くなっていた。見る見るうちに青白かった彼女の頬に血の気が戻っていく。か細かった呼吸もゆったりと安らかになっていく。そうなると、今度は流れ出ていく魔力をどのくらいで止めればいいのかわからなくなった。

芯が抜けていくように、身体を支えていられなくなり、次第に意識が遠ざかっていく……。

「おい！　……ろ！」

教授が呼ぶ声が聞こえた気がしたけれど、答えられる気力は残っていなかった。

目を覚ますと、見たことない模様が広がっていた。最初は天井だとはわからなかった。上品な刺繍の施された布地が張られている。天蓋付きのベッドに寝かされていた。

起き上がろうとしてできなかった。指一本を動かすのがやっとなほど身体が重い。しかも酷い気分だ。

「シノブさん、目が覚めた？」

柔らかい声に呼びかけられて、どうにか首だけ動かして確かめる。銀髪に、淡い緑の目が心配そうにこっちを覗き込んでいる。

「ゾフィ、様」

よかった。わななく喉が不格好な音を出した。手で顔を覆う力さえも残っていない私を見つめながら、ゾフィ嬢は微笑む。

「聞いたわ。貴女のおかげで助かったって」

「よか、った」

細く優しい手が私の手を握った。さっきとは逆の位置だ。

「ありがとう。なんてお礼を言ったらいいのか」

「そんなの、いいんです」

大きな目が涙でぐしゃぐしゃな私を映して細まる。

「オリヴィエは、本当にわたくしを殺そうとしたのかしら」

「さあ……どちらにしろ、私には許せません」

「友達だと思っていたのよ。身分なんか関係ない。本当の友達だと、そう思っていたのよ……でも、わたくしの思い込みに過ぎなかったのね」

寂しげに項垂れる。美少女がそうすると、本当に儚げで何とか励ましてあげたくなる。

「オリヴィエがどう思っていたか、私にはわかりません……」

「そうね……」

「でも、私はできたらゾフィ様のような人と友達になりたいと思ってます」

ゾフィ嬢は顔を上げた。きょとんとした彼女に笑いかけながら、言葉を探す。

「こんな夜に無神経かもしれませんけど。学園祭のときに、働いている私を褒めてくれましたよね？　嬉しかったんです。頑張っている自分を認めてくれたみたいで。私、ここにいていいんだなあって」

「シノブさん……」

「シノブでいいです」

綺麗な色の目が潤んで、笑みの形に変わる。

「それじゃあ、わたくしもゾフィと呼んでちょうだい」

「えっ、それは、恐れ多いかな……」

「あら、どうして？」

拗ねて頰を膨らます彼女は愛らしかった。すっかり元気になった姿が嬉しくてにっこり笑うと、つられたように彼女も笑う。

「ありがとう、シノブさん。本当に、ありがとう」

嚙み締めるような彼女の言葉は、鉛のように重い私の身体を元気づけた。

ぽつりぽつりとゾフィと会話を交わしていると、客室の扉が開かれた。

「シノブさん！」

「ギレスさん……」

血の気の引いた顔で駆け込んできたギレスさんは、私の枕元に膝をついて心配そうに覗き込んでくる。

「すみません、僕が目を離したすきにこんなことになるなんて……」

「ただの魔力切れですよ。ちょっと寝たら治りますから」

「辛いでしょう？」

「大げさですよ。確かにだるいけど、それくらいです」

目の前で死にそうなゾフィを見ていたから、自分の体調なんて生きてるだけで十分だ。

「可哀想に。僕にできることがあったら、何でも言って」

顔にかかる髪を払いのけようとした彼の手を、何とか顔を動かして避ける。今までギレスさんへ感じていた違和感の正体がわかった。

「ごめんなさい、ギレスさん」

「シノブさん？」

「私、可哀想なんかじゃないです」

彼は、私のことを『異世界からやってきた可哀想な女の子』だと思っている。憐れんで、弱い相手をかばって守り、転んで地面で傷付かないように絨毯を敷き詰めることを愛情だと捉えている。それが必要な人もいるだろうけど、私は自分で地に足をつけて、地面を踏みしめて歩きたい。

「私は自分で事務員になるって決めたし、失敗もドジも、上手くいかないこともたくさんあります。でもそれも全部ひっくるめて、今の頑張っている自分が好きです。可哀想なんて言わないで。私のことを、否定しないで」

言いたいことが丸ごと相手に伝わるとは思わない。でも伝えるべきことはちゃんと伝えた。

ホッとしたのか、身体から力が抜けて気が遠くなる。

「私は、可哀想なんかじゃない……」

ギレスさんがぐっと何かをこらえる気配がする。でも目を向ける気力はもう残っていない。

「僕は……ごめん、シノブさん。君を否定するつもりは、なかったんだ。でも、君が頑張れば頑張るほど、無理をしているように見えて……君を守りたいと言ったのは嘘じゃない」

私はなんとか首を振った。

「ごめんなさい、ギレスさん。ギレスさんが守ってくれたら、頼もしいかもしれない、けど、私……無理してもいいから、できることをやりたい」

「だから君は……あんなにいがみ合ってても、ローゼンシュティール教授のことが好きなんだね」

「え?」

「気付いてないんだね」

自嘲気味に笑うギレスさんに、とっさに否定しようとした。でもなぜか上手くできない。彼は俯いて肩を震わせる。前髪と眼鏡に覆われて、表情はよく見えなかった。

「僕は……。ごめんなさい、シノブさん」

彼はサッと立ち上がり、扉の向こうへ姿を消した。

「……よかったの?」

ゾフィの心配そうな声に、拙く頷く。

「うん」

ギレスさんは優しい人だ。でもその優しさが私に合わなかっただけ。誰かの好意を拒否するってこんなに難しいことなのか。罪悪感が伸し掛かっているのか、もう指一本動かせないほど身体を重たく感じた。

その晩は、大事を取ってそのまま城に泊まることになった。

ゾフィが部屋を去ると、室内は急に静かになる。さっきまで眠っていたし、もう睡魔はやってこないと思っていたが、今は身体が回復のために睡眠を要求しているらしい。瞼が段々重くなってきた。上下の瞼がもうすぐくっつきそうなタイミングで、部屋の扉が開けられた。

「目が覚めたか？」

「……教授」

「起きなくていい。ほとんどの魔力を使い切ったんだ。明日までは寝ていろ」

言われるままに寝台に沈んだ。どっちにしろ起き上がるほどの体力はない。上掛けをどうにか首元まで引っ張り上げながら、私はローゼンシュティール教授にお礼を言った。

「あの、呪文を教えてくださって、どうもありがとうございました」

「ああ。でかした」

「これで論文が書ける。実験を繰り返す必要はあるが」

わたしゃモルモットか。でもなんか、教授らしいや。上掛けをさらに引っ張って、その下でふふっと笑う。近づいてきた教授が私の額に手を当てて熱を測ったり、手首を取って脈拍を測ったりする。私のよりも低い体温の手がひんやりと心地よくて、思わずうっとりと目を閉じた。

「礼を言う」

そのまま眠りに落ちそうになっていた意識をなんとか引き戻す。

「何のことですか？」

「ゾフィ嬢のことだ」

近くに一人掛けの椅子を引き寄せて、教授は長い脚を投げ出すように座った。次から次へと文句を言える人が、考えながら言葉を紡ぐ姿は珍しい。

「形だけの婚約者だったが、僕にとっては同盟者に等しかった。愛情はなくても、彼女にあのまま死なれては寝覚めが悪い」

「ゾフィ様は、私の友達ですから」

普段の傍若無人さがない教授には、どう接すればいいのか戸惑ってしまう。

「婚約者の侍女のことを把握していなかったのは、僕の責任だ。他人の行動を制限できないからこそ、相手の期待や要望に応えて信頼を得る。そんなことも出来なかった」

「はい？」

自嘲気味に笑う。らしくない姿だ。

「僕の責任の取り方は、お前が決めていい」

「私が？」

「ああ」

ローゼンシュティール教授は能面みたいな無表情のまま、ズルズルと椅子の上に身体を伸ばした。お腹の上で長い両手の指を組んで、天井を見つめる。こういうだらしない格好をすると、そういえばこの人もまだ二十代だったと思い出す。

「担当教授を変えるという手もある」

「それいいですね」

間髪を容れずに相槌を打った。教授は何も答えずに瞼を閉じる。よく見ると顔色が青白い。今夜は確かに酷い夜だった。心配しているわけじゃないけど、整っているだけに一瞬生気が感じられなくてドキッとした。

でも私からしたら、大事にならなくてよかったと思っているくらいだ。ゾフィも助かって、万事解決。責任なんて重大な事態じゃない。

何と答えたらいいかわからなくて、まじまじと教授を観察する。今までにない子どもっぽい態度だ。親に叱られるのを待ってるみたいで、ちょっとだけいじらしい。だからだろうか、ほんの少しだけ意地悪したくなってしまった。

「それじゃあ、魔術で何か素敵なものを見せてください」

告げると、教授は体を起こして不可解そうに眉を寄せた。

「素敵なもの？」

「はい」

「抽象的でわかりにくい。もっと具体的なものは？」

「私が喜びそうなものです。あとは、その賢いお頭で考えてくださいよ」

悪戯っぽく笑ってみせると、ムッと唇を曲げる。今まで仕事で苦労させられた分、これぐらいの意地悪は許されるだろう。

「わかった」

その口ぶりがまた拗ねてるみたいで、思わず噴き出してしまった。

エピローグ

　年も明けて、数日だけの自由な休暇の後、また学院で働く日常が戻ってきた。

　冬期休暇中に出されていた課題のレポートが提出されて、それを塔のエメリヒ・ローゼンシュティール教授のところへ運んでいく。下から上にのぼる間に、また爆発やら変な踊りで大騒ぎしている。乱痴気騒ぎを眺めながら足を進めていると、いつもの教授の研究室に辿り着いた。

「入れ」

　ノックの後に簡潔な返事がある。扉を開けて中に入ると、今日は書斎机に向かって何か書き物をしていた。机を挟んで向かいには、銀髪をすっきり結い上げたワンピースの少女が立っている。

「ゾフィ様」

「もう、様はいらないって言ったでしょう？」

「あ、ご、ごめんなさい」

　まろやかな頬をぷくっと膨らませるゾフィは、以前よりも明るく見えた。

「どうしてここへ？」

「婚約解消の最後の手続きと、シャツを届けに」

「シャツ？」

彼女の腕には茶色の包み紙に包まれた荷物があった。シュテファンさんのお店の印が入っている。それを掲げて、愛らしくにっこりと笑う。髪型や服装も相まって、町娘のようだ。妖精にたとえられる容姿は相変わらずなのに、ゾフィの内側から溢れる潑溂とした空気が彼女を人間らしくしている。

「わたくし……じゃないわね。わたし、働くことになったの。仕立て屋で、お針子をするわ」

「お針子？」

「こう見えても刺繡は得意なのよ」

「そうなんだ？」

「それだけじゃ借金は返せないけど、ルートヴィヒ様から少しずつ領地経営を学ぶわ。それから、ドレスの広告塔になってほしいってシュテファンさんが……」

指を折りながらやることを数える少女はいきいきとしている。

「よかったね」

「ええ。あのとき婚約解消してよかったわ！　大変なこともわかっているけど、今はとても楽しみなの！」

元婚約者を横に清々しく言い切った。チラリと当の教授に目をやると、知らんぷりで机に向かっている。

嬉しそうなゾフィがシャツを置いて帰っていくのを見送って、教授に向き直った。新しい一歩を踏み出した彼女のように、私にもやるべき仕事がある。

「生徒さんたちのレポートです。名前別に分けています」

「そこへ置いてくれ。それから、授業に使用する資料を取ってきてくれ」

「えーと、どんなものでしょうか？」

「リストを作る」

「持ち出し禁止の本はダメですよ」

「融通をきかせろ、馬鹿者め」

「ええ。ですから、複写は可能ですから、写しをもらってきますよ」

「……」

机の書類に向けて伏せられていた目線が上がる。秀麗な顔は物言いたげにこっちを睨んだ。宝石のような青い目は相変わらず目力がある。でも私も教授の担当になって、そろそろ一年。負けません。にっこりと笑ってやり返してやった。

「――ではそうしてくれ」

てっきり生意気だと叱られるかと思ったら、普通に返された。ちょっと肩透かしを覚えながら、わかりましたと頷く。リストを受け取って部屋を出ていこうとした。

「待て」

「はい？」

「学生に買い揃えたい本があるのだが」

「えーと、羽ペンと同じで、奨学生以外は教材は各自調達です。本のタイトルを教えてくだされば、用意するように学生に通知しておきます」

「……頼む」

「では、失礼しました」

「いや、待て」

「なんなんですか……」

文句を言おうとしたら、教授はズンズンこっちに近づいてきて開けかけた扉に頭上から手を添える。扉と教授の身体に挟まれて飛び上がった。

「ついてきてもらいたいところがある」

「ついてきてもらいたいところ？」

「いいから、行くぞ」

少し強引に腕を引っ張られて、階段を下りていく。教授は途中で息切れしだした。隣で肩で息をする姿を見上げながら、やっぱり貧弱インドアだななんて思う。

「手紙だが」

「手紙？」

急な話題に首を傾げる。儀式専攻の教室から地鳴りのような太鼓の音と奇声が聞こえてきた。乱痴気騒ぎは『塔』ではいつものことだ。教授も慣れたように儀式を無視しながら階段を下りる。

「姉上に送った手紙だ。返事がきた」

「ああ、あれ！　返事がきたんですか、よかったですね！」

教授の悲しむ姿を目にしていただけに、ホッとした。思ったままを口にしたら、彼は急に立ち止まってこちらを振り返った。

「お前の言っていた通りだ。相手がどう思っているのか、聞いてみなければわからない」

青い目が眩しそうにこちらを見上げた。背後には冬の雪間を縫うように明るい日差しが差し込んでいる。

「子どもが生まれたそうだ」

「えっ、おめでたいじゃないですか！　あ、それで返事が遅れていたんですね？」

「そういうことらしい」

答える教授は変わらずの無表情だけど、どこか柔らかく見えた。

それからまた階段を下って、連れてこられたのは中庭だった。今は季節感を出すために、室内なのにうっすらと雪が積もっている。寒さに腕をさすりながら、辺りを見回した。

「中庭がどうしたんですか?」

「こっちだ」

広場を突っ切って少し奥まったところへ行くと、遠目にも大きな木が見える。思わず立ち止まった。休暇前はこんな木はなかったし、それに……。

「花が……」

枝にまとわりつくように、白っぽい花が咲いていた。雲か霞がかぶさっているようで、儚いのに綺麗だ。

「苗木を買ってきて、土と木に生長促進の呪文をかけた」

「え、教授が育てたんですか?」

「お前がそうしろと言ったじゃないか」

「言いましたっけ?」

全く心当たりがない。首を傾げると、教授はムッとして睨みつけてくる。

「お前が喜びそうなことを考えて魔術で見せろと言った」

「ああ……!」

相槌を打ちながら、じわじわと驚きが胸を満たした。あの教授が、約束を守って私を喜ばせようとしている。それに、近づけば近づくほど、その木は故郷を思い出させた。

「これ、桜……」

「何か言ったか？」

「い、いいえ、なんでも！」

慌てて手を振って、また見上げる。淡い薄紅色の花びらが、白い雪の上に舞い落ちる。季節外れだけど、とても美しい光景だった。

大学合格を桜咲く、なんていうけど、あっちで就職していたら、こんな桜が見られていたのかな。

「気に入らなかったか？」

「どうしてですか？」

「だったらなぜ泣く？」

「え……？」

言われて頰に触れると、湿った感触がした。知らず涙が溢れていた。

「こ、これは、うれし涙ってやつです！　あんまりにも綺麗だから……」

それだけ言うのがせいいっぱいだった。喉が詰まって上手く言葉にできない。両手で顔を覆って隠す。隣で教授が居心地悪そうに身じろぐ気配がした。

「僕は、お前が怖い」

「……嫌味ですか？」

「違う、本音だ。お前は常に……体当たりしてくるようなやつだ。僕の心は誰も入ってこられない部屋の中にあったのに、お前はその壁を壊してしまった」

「……」

「お前に触れるのは、怖い。だが……」

そっと肩に温かいものが触れた。教授の腕に引き寄せられて、大きな手であやすようにポンポンと頭を撫でられる。いつもの皮肉っぽいセリフはなく、ただ静かに。言っていることとやっていることが真逆だ。

私を泣き止ませるつもりだったのだろうけど、こっちはすっかりそれどころじゃなくなってしまった。心臓が強く鼓動を打って自己主張を始めるし、くっついているところが熱いくらいに感じる。

教授のことを好きなんだね、というギレスさんの言葉を思い出した。まさか、そんなはずはない！

「ありがとうございました、ローゼンシュティール教授」

しばらくしてなんとか心を落ち着かせてお礼を言うと、教授はわざとらしく咳払いした。

「エメリヒだ」

「……はい？」

「エメリヒでいい。呼びやすい家名ではないからな」

「え〜……」

そんなことを言い出すなんて、何か裏があるんじゃないだろうか。心の内が顔に出ていたのか、教授の整った顔に苛立ちの色がにじむ。

「何だその顔は。不満でもあるのか？」

「いえ、全然！　エメリヒ教授！」

慌てて首を振る。そして私は、まずいものを見てしまった。

「そうか」

白皙の美貌に柔らかい笑みが浮かび、長い睫毛に縁どられた青い目が優しげにたわむ。大好きな魔術のことでもなく、講義のことでもない。ただ私に名前を呼ばれただけで微笑む教授に、私は呪いでもかけられたように固まってしまった。効果は抜群だ！　目を見たら石になる怪物の視線ってこんなだろうか。いや絶対そんなの比じゃない。それに、気付いてしまった。

感情表現がひねくれてるだけで、それが改善されてしまえば、彼の顔は私の好みど真ん中だ。

呪文以外のことに興味を持たない不器用な人だけど、心根はいい人だ。

何だか急に顔が赤くなっている気がする。血の気の上った頰を扇ぎながら、私は明後日の方向を見る。

「あ、な、何だか、仕事が私を呼んでいるような気がする！」

「何を言ってる？」

「で、ではエメリヒ教授！　し、ししし失礼します！」

くるりと背を向けて走り出す。両手を頬に当てると、すっかり熱くなっているのがわかる。

心臓はバクバクと危険を訴えていた。それに、普段は無愛想で口の悪い教授が、自分に笑みを向けてくれたことが嬉しいと思ってしまうなんて。少しは人間らしくなってきたとはいっても、口も悪い、態度も可愛くないあのエメリヒ・ローゼンシュティールだ。悔しい！　あんなやつに一瞬でもときめいてしまうなんて……！

「いやっ、仕事仕事！　働こう！」

激しく首を振って馬鹿な考えを打ち消す。

学院で働き始めてもうすぐ一年。大変さもあるけど、こうやっておかしなハプニングもある。それが意外と嫌じゃなくて、ちょっとだけ楽しいから、私はまだまだやっていける。

両の拳を天に向かって突き上げ、自分を鼓舞した。

「頑張るぞー!!」

巻末短編 アドラー教授の猫

アーベント王国が誇る王立学院の魔術科の建物は、通称『塔』と呼ばれている。

ここで最年長の教授は、魔術科の占星術の教授だ。

魔術科の『塔』のてっぺんに住んでいて、よく息してるとかしていないとかで大騒ぎになっているけど、まだまだお元気に教鞭をとられている。よぼよぼと言うのは失礼だけど、見た目もかなりのおじいちゃんなので学生さんも事務員も彼の一挙一動をハラハラして見守っているのだ。

フルネームはブルーノ・アドラー。私がおじいちゃん教授と知り合ったのは、冬期休暇が明けたばかりのことだ。『塔』の中庭はすっかり葉が落ちて裸になった木々が広場を囲んでいる。

広場のベンチにはおじいちゃんがちょこんと座っていた。困った顔をしているように見えてつい話しかけてしまった。

「何かお困りですか？」

日本にいた頃、実家は田舎にあったので道端のベンチにご老人が座り込んでいる姿はよく目にした。年を取ると体力が無くなるので、家に帰る道のりの途中でちょっとだけ休憩しているのだ。たいていの場合は世間話をして元気が出てくると帰っていくけど、本当に疲れ切ってしまって帰れなくて困っていることもある。だから気になってしまった。お節介でも別にいいし、杞憂ならそれでもいいのだ。

おじいちゃんは私の方をゆっくりと見上げた。布で頭を覆っていて、顔まわりには白髪がふわふわと雲のように広がっていた。肌は意外と日に焼けていて、ふさふさの眉毛の下で褐色の目がクリクリと動いている。口元はふかふかの髭がまとわりついていて、真っ黒なローブが似合う老魔術師だった。

「猫を見なかったかね？」

よく鞣した革のように落ち着く声で、おじいちゃんは訊ねた。彼の目の奥には星が光を落としたような不思議な色が漂っていた。まっすぐ目が合って、少しばかり緊張で背筋が伸びる。

「猫、ですか？」

「そうじゃ。最近帰りが遅くて心配でのう」

ため息を吐いて肩を落とす姿が寂しげで、失礼だけど恋人の帰りを待ちわびているみたいで微笑ましい。身を乗り出して再び訊ねる。

「どんな猫ですか？」

「黒い猫じゃよ。夜とわしは呼んでおるが、他では違う名で呼ばれておるかもしれんのう」

猫らしい話だ。あちこちに縄張りがあって、先々で違う人に可愛がられているのかもしれない。つられてクスリと笑いながら、任せてくださいと頷いた。

「見つけたら連れていきますよ。私、助手課の事務員なんで他の皆にも知らせておきます」

「すまんのう、お嬢さん。初めて見る顔じゃな？」

「はい。ローゼンシュティール教授の担当助手の、シノブといいます」

「シノブさん。ローゼンシュティールの坊やは随分明るい星とめぐりあわせたようじゃな」

「？　どういう意味です？」

こっちの世界独特の言い回しにはまだわからないものもたくさんある。首を傾げる私におじいちゃん教授はにっこり笑った。

「わしは占星術の教授をしておる、ブルーノ・アドラーじゃ。お嬢さん、星のかけら食べるかね？」

ほっほと息で笑いながらローブの袂から小瓶を取り出して振る。コルクで栓された中には金平糖が詰まっていた。久しぶりに見る砂糖菓子に口元をほころばせると、おじいちゃんもつられたように目を細める。手を出すように促されて両手を差し出すと、栓を抜いた瓶からシャラシャラと手の中に注ぎ込まれた。

「お食べ」

「わあい！　ありがとうございます！」

おじいちゃんの座っているベンチの隣に失礼して、ひと粒摘まんで口に放り込んだ。口の中で転がって、尖った部分が足跡を残すように砂糖味を舌の上に落としていく。ころころ転がしながら味わう私を、おじいちゃんは孫を見るように目を細めた。

「美味しいかね？」

「はい、とっても！」

おじいちゃん教授も金平糖を瓶から手のひらにとって食べ始めた。並んで中庭を眺めながら、猫の話を聞いた。

「夜はの、今の子で七回目なんじゃよ」

「七回目？」

「お嬢さんは生まれ変わりを信じるかの？」

「生まれ変わりですか……うーん、ちょっとわかんないです」

異世界に転移した経験はあるけど、生まれ変わったことはない。私の身にあんなとんでもないことが起こったくらいだから、可能性としてはあるかもしれないけど。正直に答えると、おじいちゃん教授は及第回答した学生さんを相手にするようにうむうむ頷いた。

「そうじゃな。わしもよくわからん」

「えっ」

「じゃが魔術師は直感を信じねばならぬときがある」

「ローゼンシュティール教授の考えとは真逆ですね。教授は今まで作り上げられてきた呪文の中に答えがあるって言ってました」

「そうじゃな、それがあの坊やらしいところじゃ。頑なで損しとるのう」

おじいちゃんの教授への口ぶりは聞いててスカッとした。全くその通りだ。

「わしの猫は、何度も生まれ変わってわしに会いにくる。同じ黒猫の姿での。そしてまた寿命を迎えてどこかへ消える。律儀なやつじゃ」

「すごい、忠義な猫ですね」

「さあのう、親猫から仔猫に、わしのところへ行けば食いっぱぐれがないぞと教わってきておるのかもしれん」

「……アドラー教授、さっきは生まれ変わって会いにくるって言ってたじゃないですか。どっちが本当なんですか？」

「ふぉふぉ！」

愉快げな声をたてて、アドラー教授は立ち上がった。

「さて、わしはもう戻ろうかの。夜も帰ってきておるかもしれんし」

「そうですね。お菓子、ありがとうございました」

見送りに立ち上がってお礼を言うと、おじいちゃんは手にしていた金平糖の小瓶を私に持たせた。しわだらけで少しかさつく手がギュッと包み込む。

「残りはお嬢さんにあげよう」

「えっ、いいんですか？」

こっちの世界では金平糖は珍しいお菓子のはずだ。詳しくは知らないけど、何日も鍋をかき回さなきゃいけないとか前の世界にいたときにテレビで言っていた気がする。

「分けあって食べなさい。あんたなら上手にやるじゃろう」

平らかな調子でかけられた言葉だった。意味は分からないのに、大事なことだとわかる。慌てて聞き返した。

「あの、上手にって？」

「それじゃあの、シノブさん。また会おう」

「あ、は、はい。また……」

見た目のわりにしゃんとした足取りで帰っていくアドラー教授を見送る。占星術って、何だかぼんやりして曖昧なものに思えていたけど、急にどんなものか気になってきた。

ユリアンやテオさんに占星術のアドラー教授が飼い猫を捜していた話をすると、二人とも見かけたら彼に声をかけると約束してくれた。そうこうしていると、話題はアドラー教授の占星術に移って、ユリアンが自分の体験を語り出した。

「いやーとにかく変な人っすよ。ずっと寝てるし。起きたかと思えば、星のめぐりが女難でどうとか何とか言われちゃって……確かにその時いい感じだった女の子には二股掛けられてて、相手の男がヤバいやつだったんすけどねー」

「ユリアン、ナンパもほどほどにしなよ」

「嫌っす！」

チャラ男には言っても無理な話だった。終業前のお片付けの手は止めずに、テオさんに目をやる。先輩事務員の彼はもうすでに片付けも終えて、明日やる仕事をメモにまとめ直しているところだった。ははは、と笑いながら顔を上げる。

「私の場合は水難でしたよ。目的地へ行く道のりを変えろと言われたので、その通りにしたら」

「したら？」

「本来通るはずだった場所で、雨乞いの儀式の失敗で水漏れ事故が起きましたよ。濡らすとまずい道具を預かっていたので助かりました」

「はー、当たるもんなんですねぇ。不思議……」

椅子の上でのけぞって感心すると、テオさんは少し首を傾げて考えながら答える。

「占星術は法則性の不安定な学問だそうですが、アドラー教授の占いが当たるのは、誰よりも星を見ているからだと聞きますね」

「星を？」

テオさんは頷く。

「夜の間中、星を観察しているんですよ。『塔』へ来てからずっと、天体の運行を記録し続けている。その積み重ねが、アドラー教授の占星術の真髄です」

「なるほど……」

納得したようにユリアンが手を打つ。

「ああ！　それで昼の間は寝てるんすね！」

「今気づいたんですか、ユリアン」

最近の私はというと、ローゼンシュティール……エメリヒ教授が実は好みど真ん中の顔だということに気付いてから、気まずい日々が続いている。
「失礼しまーす」
頼まれた資料を抱えて教授の研究室に入ると、紙の山が崩れた。作業台の上にあった採点済みのレポートだ。その前には私を見て苦虫を嚙み潰したような顔の教授が突っ立っている。
「あー、大丈夫ですか？」

資料をとりあえず置いて、レポートを拾うのを手伝おうと近づくと更に教授の眉間に深いしわが寄る。

「問題ない」

ぶっきらぼうに言いながら長い身体を折りたたんでレポートを集める。その横で私も同じようにレポートを拾っていった。

残りはあと少し、と手を伸ばした上に大きな手が重なる。私の指を教授の指先が無造作に摑んで、動きが止まった。教授の指は整っているように見えたけど、意外と書類仕事でかさついていた。そして冷たい。ぎょっとして顔を上げると、青い目が私を映して見開かれていた。

「……」

「……」

私は動揺で固まってしまった。整った白い顔が間近にある。まっすぐな鼻筋や、長い睫毛、意外と男らしい眉とか、薄い唇、シャープな顎のラインまで、何もかもが完璧なバランスでおさまっていて、かっこいい。思わず見惚れてしまった。

「す、すみません!」

やっと我に返って手を振りほどく。何やってんだ、私。確かに顔はちょっとタイプだけど、相手はエメリヒ・ローゼンシュティールだぞ! 意思とは反対に頰に血が上って熱くなる。

慌てる私をよそに、教授からの返事はない。

「……教授？」

俯いたままの教授を呼ぶと、彼はやっと立ち上がった。素早く離れて作業台の端に置いた資料の前に立つ。

「……残りは頼む」

「？　はい……」

心なしか血色が良かったような。それに、声がうわずっていたような。首を傾げながら残りのレポートを拾い集め、作業台の上で今度は成績順に並べる。教授は私が持ってきた資料から一冊手に取って読み始めた。百枚前後はあるレポートだけど、慣れてくると並べる要領がわかってくる。十分ぐらいで終わらせて顔を上げて、目にした妙な光景に眉をひそめた。

「……教授？」

書斎机の前のアームチェアは、ビロード張りで見るからに座り心地がよさそうだ。教授はよく揃いのオットマンに脚を伸ばしてそこに座っては、黒板に書いた呪文を眺めている。だいたいは短縮呪文を見つけ出す考察中で、たまに呪文の美しさをただ鑑賞しているらしい時もある。本を読んでいるのも珍しくはない。

「何だ？」

没頭しているときは返事すらないのに、意外と早く聞き返してきた。

「その、……本、上下逆さまですけど……」

冗談みたいなこと本当にやる人いたんだ。感心と驚きで眺めていると、教授は大きく咳払いしながら、ゆっくりと本を元に戻した。

私も調子がおかしいけど、どうも教授も様子がおかしい。

「そ、そうだ！　今日、中庭でアドラー教授にお会いしました」

「アドラー教授？　占星術の？」

「はい、猫を捜していたんです。黒い猫なんですけど」

「ああ……あの猫か」

「えっ！　見たことあるんですか、教授？」

自分で聞いておきながら、研究室と講義室からほとんど出ない教授が猫に会うはずがないと思っていた。青い目でチラリと睨まれる。

「この間、いつのまにか研究室に潜り込んできた」

「へえ～、猫ってそういうとこありますよね」

気ままにパトロールしていい場所を見つける。だけど、辿り着いたのがエメリヒ・ローゼンシュティール教授の研究室じゃ猫もたまったもんじゃなかっただろう。

教授は私をじっと観察する。相変わらず恐ろしいほど綺麗な顔立ちだ。まともに顔を見るのも久しぶりで、何事かと身体を強張らせたら、フンと鼻で笑われた。

「あの猫はお前にそっくりだ」

「はい？」

私を見て意地悪く笑うのにムッとして聞き返す。

「猫とそっくりって、どういう意味ですか？」

「わからないか？」

「わかりませんよ！　そういう言い方可愛くありませんよ、教授」

「可愛くなくて結構」

「その言い方ですってば。そりゃ教授は見た目だけはいいかもしれませんけどね、人間周りから好かれるには可愛げが大事なんですからね！」

ビシッと指を突き付けて言ってやる。教授は珍しく虚を衝かれた顔をした。

猫とそっくりってどういう意味？　そりゃ、髪は黒っぽいし、目つきも吊り目で似てなくもないけど……。私は猫と違って仕事で研究室に出入りしてるだけだし！

本当に教授って、失礼なことしか言わないな！　腹を立てた私は足音荒くさっさとその場を後にした。


『塔』でペットを飼う魔術師は、意外と多い。猫にオウムに、インコ、カラス、トカゲ。姿形もあちらの世界の動物と似ている。ひきこもって研究している人たちが多いせいか、ペットたちに癒しを求めるらしい。

魔法陣専攻のヴュルツナー教授が飼っている猫は長毛種で、女王様みたいにツンと澄ましている。いかにもというか、やっぱり飼い主にどこか似ていた。天気のいい日は『塔』の窓枠で日向ぼっこしながらよく手入れされた毛並みを見せびらかしている。

私の担当のエメリヒ・ローゼンシュティール教授はそういったペットは飼っていないし、ふれあっているところも目にしたことがなかったので、てっきり動物は嫌いなのだと思い込んでいた。

いつものように授業後のエメリヒ教授の講義室を片付けて、最後に研究室にいる教授に声をかけて帰ろうとしたときだ。扉の向こうからにゃあ、と可愛らしい鳴き声が聞こえてきた。

「レポートは踏むなよ」

石壁の室内で低い声は反響してよく聞こえた。聞きなれているはずの教授の声なのに、いつもよりも柔らかく聞こえたのに驚いた。扉の隙間からこっそりのぞくと、作業台の上にちょこんと黒い猫が乗っている。細長い指先が喉元をくすぐって、頭を撫でる。

「利口だな、お前」

にゃあ。警戒しているわけではなさそうな、甘えてリラックスした鳴き声だった。猫はアームチェアに座っている教授の膝に飛び乗り、元から自分のベッドか何かのように丸まった。

「ここには餌になりそうなものは置いてないぞ」

猫は返事しなかった。膝の上におさまって心地よさそうに目をつぶる。教授も嫌がっているわけではないようで、しばらくして黒い毛並みに指を滑らせはじめた。

「飼い主はお前を相当愛しているだろう。心配してるんじゃないのか？」

黒いしっぽが黙らせるように教授の肩を叩いた。たぶんあの猫が、アドラー教授の捜していた夜だろう。

「本当に、お前はよく似ているな」

ドキリとした。声音があまりにも優しくて、しかもささやきまじりなのが妙に艶っぽくて、聞いてはいけないものを聞いてしまったような気がする。似ているって、私のことだろうか。この間の会話でもそう言っていたことを思い出した。

「……なあ、僕はそんなに可愛げがないか？」

今度は噴き出しそうになった。だって教授が自分の欠点を自覚してるだなんて思わないでしょう！　それに少し拗ねているような、子どもっぽい口調に聞こえた。

「別に、好かれたいわけではないが……」

猫の黒い毛を撫でながら口ごもる教授は年相応に見える。私はなんとか扉から離れて、静かにその場に座り込んだ。

教授が他人とのコミュニケーションに悩んでいるとは意外だ。あの性格だし、大変そうだけど、本人が歩み寄りたいと考えているのならいい傾向だ。

そうなってくると、私の態度も考え直す必要がある。教授が何かきついことを言うたびにけんか腰で食ってかかってしまう。大体の場合はあの人が正しいこともわかっている。それに、わかりにくいけど嫌なやつではないということも。

私だって、いつもいがみ合うよりもっと別の穏やかな方法があるなら、それを探したい。

ふと指先が懐にあった硬い感触にぶつかる。金平糖の瓶だ。シャラシャラときらめく音を立てる砂糖菓子に、よし、と意を決した。

できるだけ静かに樫の木の扉を開く。教授の膝の上で丸まったままスヤスヤと眠っていた猫がひょこりと顔を上げた。

「なんだ」

猫を相手にしていた時とは打って変わって平淡な声だ。できるだけ穏やかにゆっくりと近寄る。

「その猫ちゃん、アドラー教授が捜していたんです」

猫は金色の瞳でこちらをうかがっている。クリクリした目つきがご主人様そっくりだ。黒く艶やかで愛らしい毛玉の前に屈みこんで話しかけた。

「夜ちゃん、ご主人様が心配してたよ」

短い鳴き声が返事する。エメリヒ教授のほうを振り仰いで、まだここにいたいと甘えているみたいだ。猫もやっぱりイケメンが好きなんだろうか。でもよりによって陰険で根暗なこの男を選ぶことはないのに……まあ、不器用なだけで、少しは、本当に少しは優しい人なんだけど。

「夜か。いい名前だ。アドラー教授は星を見て占う。夜空は彼にとってなくてはならないものだ」

大きな手で猫の背を撫でながら、教授は言い聞かせているようだった。

「お前には必要としてくれている人がいる。あまり心配させてはいけない」

大きな瞳で教授をじっと見つめた後、猫は起き上がって教授の膝の上から飛び降りた。

「戻るのか？」

教授の問いに答えるように短く鳴いて、黒猫は扉の向こうへ姿を消した。

猫を見送ると、研究室には私と教授の二人きりになった。ちょっとだけ深呼吸して、ポケットの中の小瓶を握りしめる。

「教授」

「なんだ」

彼は呼びかけた私に青い目を向ける。

「星のかけら、食べませんか？」

「……星のかけら？」

怪訝そうに眉根を寄せてこっちに顔を向ける教授に、私は金平糖の瓶を掲げた。

「アドラー教授がくださった、霊験あらたかな金平糖です」

霊験あらたかかどうかはわからないけど、まあそういうことにしておこう。

大股に歩み寄って、作業台の丸椅子を引き寄せて教授と斜向かいに座る。小瓶からコルク栓を抜いて、エメリヒ教授の手を掴んで中身を半分流し込んだ。

「おい」

残り半分を自分の手のひらに。それからひとつ摘まみ上げた。

「ひとつ食べるごとに、お互いのことを質問しましょう」

「質問？」

「私たち、お互いを知らなすぎると思うんです。だからどうでもいいことでイライラする」

「それはお前だけだ。僕は別に――」

「とにかくやりましょう！　まずは私から！」

文句を言われる前に小さな砂糖菓子を勢いよく口の中に放り込む。砂糖の甘みが舌の上を転がっていく。

「私はシノブです。あっちの世界の、日本ってところから来ました。――教授はどこのご出身ですか？」

教授は不審げに私を睨みながらも、答えてくれた。

「エメリヒ・ローゼンシュティール。生まれはローゼンシュティール領ユーピターだ」

「ユーピター？」

「王都のすぐ南西にある」

いまいち地理がよくわかっていないけど、後で確認すればいいか。

「次は教授の番ですよ」

急かすと、エメリヒ教授は仕方ないとひとつ大げさに息を吐いて金平糖をひと粒口に運んだ。サク、と噛み砕く音が妙に大きく聞こえる。咀嚼して飲み込んだ後、戸惑った顔で口を開いた。

「……何を質問すればいいか、わからない」

「何でもいいですよ」

「それがわからないんだ」

「じゃあいいです。適当に答えますよ」

少し考えて、思い付いたことを口にする。

「好きな食べ物はオムライスです」

「オムライス？」

「えーと、チキンライス……鶏肉入りの具材とご飯をトマトのソースで味付けして、溶き玉子で包んだ食べ物です」

「あちらの食べ物か？」

「はい。美味しいですよ」

「随分手が込んでいるな」

そういえばそうだ。母が作ってくれていたときは気にも留めなかったけど、自分で作ったときに大変だったことを思い出す。

今度は私の番だ。口の中で金平糖がほろりと崩れていく。砂糖のざらつきが残る舌で、教授に訊ねる。

「教授の好きな食べ物はなんですか？」

そういえば教授って甘いもの食べられたんだろうか。疑問をよそに、顎に手を当てて少し考える仕草をした後、涼やかな声が答える。

「食べ物に頓着したことがない」

思わず首を傾げる。

「どういう意味ですか？」

「師匠に連れられて旅ばかりだったから、味は二の次だ」

「ああー、そういう……」

仕立て屋のシュテファンさんもそんな話をしていたな。魔力が暴走してからは、公爵家を出て師匠と二人の旅暮らしだったとか。

「どんなところを旅していたんですか？」

「その前にお前の番だ」

ケチめ。涼しい顔で金平糖を食べる教授を睨み、出そうになった舌打ちをこらえる。

「また私が勝手に答えていいんですか？」

「ああ」

「私は、旅行らしい旅行は大学入ってすぐの海外旅行くらいです。同級生と行ったんですけど、楽しかったです。あとは国内で近場の温泉旅行くらい」

気付けば教授の眉間（みけん）のしわも和（やわ）らいでいた。

「教授の番ですよ。それで、どんなところを旅していたんですか？」

「師匠は古代魔術の遺跡（いせき）を求めて旅していた。今もだが。村から村へ、国境や領境を進むような旅だった」

「へえ～。やっぱり野宿とかしたんですか？」

「歩かなければ発見はないというのが師匠の口癖（くちぐせ）で、僕も付き合わされた」

「そうなんですね。じゃあ危険なこともあったんじゃないですか？」

「お前は質問が多い」

「わかりました～」

教授に睨まれると苛立（いらだ）つことが多かったけど、今は次の質問がしたくてうずうずしていた。

口に放り込んだ金平糖が崩れて溶けていく。

甘さで舌が良く回るのか、あんなに弾まないと思っていた教授との会話が続いている。教授は意外と聞き上手で、私があちらの世界にしかないもののことを話しても、前後の文脈で理解しているようだった。

「私はキャンプとかしたことないです。河原でやるバーベキューぐらいで。美味しかったな、あの時のお肉」

私の言葉にフンと鼻で笑う。

「お前、さっきから食べ物の話しかしていないことに気付いているか？」

「む、衣食住！　食べることって大事なんですよ！」

「僕は不味くても平気だ。荒野に放り出されて間違いなく生き延びられるのは僕の方だな。お前はすぐ腹を空かせて、不味い食事が食べられずに餓死する」

「それはそうかもしれませんけ、ど……」

文句を言おうと顔を上げて、驚いた。切れ長の鋭い目つきが和らいでいるように見える。笑ってる？　青い目がキラキラ輝いて、瞳に星が宿っているようだ。あまりに綺麗で、思わず息を呑んで見つめてしまった。

「どうした？」

「あ、いえ。次は教授のこと教えてくださいよ！」

「旅の最中にあった危険なことと言えば、以前野盗に襲われて師匠と二人で撃退したんだが、その時の共犯の魔術師が珍しい魔術の使い手で……」

教授は意外に話が上手くて、夢中になって聞いているうちに、手のひらにこんもりのっていた星のかけらはいつのまにかあとひと粒になっていた。

「これで最後ですね」

「そうだな」

最後のひとつを口に入れる。すっかり甘ったるくなった口の中で、ほろりと崩れていく。何を聞こうか考えて、ゆっくりと口を開いた。

「こうやって話してみると、教授って面白いですね」

肩をすくめて笑うと、教授は驚いた顔をした。

「面白い？　質問になっていないぞ」

「もう思いつきませんよ」

随分長いこと話していたような気がする。椅子の上で軽く伸びをしながら答える私を、不思議なものを見るような目で教授が観察している。

「楽しかったです。教授って意外とサバイバルな育ち方したんですね」

「別に、普通だろう」

「普通の人は野盗に出くわしませんから！」

「その油断が命取りになる」

「もういいですぅ」

私の返事に教授は鼻で笑う。いつもなら腹を立てていただろうけど、馬鹿にしたわけではないことはもうわかっていた。

軽い調子で受け流したのを、向こうも悪くは思っていないみたいだ。教授も最後の金平糖を食べる。

「僕からも質問だ」

「へ？」

「どうして僕のことを知りたがる？　僕はいい上司ではないはずだ」

まっすぐ見つめられて戸惑う。青い目は心の奥まで見透かすように澄んでいた。目を逸らさず背筋を伸ばす。

「私、こっちの世界に来てから、知らないことだらけなんです。読み書きだってやっと覚えたばかりだし。だから好き嫌いなんてまだ判断できるわけがないと思ってます」

「そうか」

教授は目を細めて頷いた。いつになく険のない顔をしている。

「自分のことをこんなに話したのはお前が初めてだ」

「それは……光栄です？」

首を傾げる私に、何が可笑しいのか教授はフッと口角を持ち上げた。

笑うというには淡すぎる表情の変化だったけど、それで十分すぎた。冷たい顔立ちがとろけるように優しくなる。

「ここまで話したのだから、少しは好意的な判断をしてほしいものだな」

教授は良くも悪くも自分の美貌に頓着なさすぎる。整った顔の人は怒っても笑っても、ほんの少しの変化で破壊力抜群なのだということを、忘れた頃に思い出させられては食らっている。

しかも、私に好意的に判断してほしいって。この人、意味をわかって言っているんだろうか？　それってつまり……？

「どうした？」

「あ、え、い、いえっ！　何も……」

「顔が赤いぞ？」

「あー、その、甘いもの食べすぎちゃったからかな！」

「甘いもので赤くなるなんて聞いたことがない」

不審そうな教授をよそにふと研究室の窓に目をやる。

外はすっかり暗く、夜になっていた。遠くで金平糖のような星たちが瞬いている。金平糖を渡してくれたおじいちゃん教授の言葉を思い出す。

分け合って食べなさいって、こういうことで合ってたのかな。『あんたなら上手にやるじゃろう』っていうのはよくわからないけど、どういう意味だったのだろう。
なかなかおさまってくれない動悸に、甘ったるさの広がる胸をさすって首を傾げた。

あとがき

初めまして、虎石幸子と申します。本作を手に取ってくださり、ありがとうございます。

楽しんでいただけましたでしょうか？　本作は、世の中に出て働き始めたばかりの頃を思い出しながら書きました。エメリヒ教授やギレスくんのようなイケメンとの出会いはなかったけど、素敵な先輩、同僚や上司ばかりの職場でした。でも失敗ばかりしては迷惑をかけて、知らないことばかりでほぼ毎晩泣いては翌朝なんとか起きて仕事に行っていました。今思えばああすればよかったと後悔することはたくさんあります。シノブちゃんが朝やることメモをまとめていたりするのは、そういう反省からだったりします。

転職してからはその経験にとても助けられましたが、ところ変わればまた違う悩みも出てきて、働くってなんだろう、自分にできることはなんだろう、悩みや思い出を詰め込みながら出来あがったＷＥＢ版をコンテストに応募しました。粗ばかりの作品だという自覚はあったので、まさか佳作をいただけるとは思っていませんでした。ＷＥＢ版で応援してくださった方々、審査の際に本作を評価してくださった方々、感謝申し上げます。

この本は刊行にあたりＷＥＢ版から大幅に改稿しています。担当編集様の的確なアドバイスのおかげで、本作はシノブちゃんという一人の女の子の物語により焦点があてられて魅力的なお話になりました。本当にありがとうございます。

冷たい容貌の美形だと文章で書くは易しですが、見事にエメリヒ教授をイラストに描き起こしてくださった黒埼様。執筆中にはいただいたキャラクターラフからアイデアが膨らんで助けられました。ありがとうございます！

そして編集部の皆様、校正、印刷、営業等、本作の出版に携わってくださった全ての皆様にも、心からお礼申し上げます。また、思うように書き進められなかったときにグループ通話で連夜お話ししてくれた友人のＫちゃん、Ｙさん、ありがとう！

改めまして、ここまで読んでくださってどうもありがとうございました。

本作が皆様の心になにがしか、明るいものが残せていますように。

虎石幸子

「異世界転移したけど、王立学院で事務員やってます 平穏な日常、時々腹黒教授」の感想をお寄せください。
おたよりのあて先
〒102-8177 東京都千代田区富士見2-13-3
株式会社KADOKAWA 角川ビーンズ文庫編集部気付
「虎石幸子」先生・「黒埼」先生
また、編集部へのご意見ご希望は、同じ住所で「ビーンズ文庫編集部」
までお寄せください。

異世界転移したけど、王立学院で事務員やってます
平穏な日常、時々腹黒教授

虎石幸子

角川ビーンズ文庫 22771

令和3年8月1日 初版発行

発行者———青柳昌行
発 行———株式会社KADOKAWA
〒102-8177 東京都千代田区富士見2-13-3
電話 0570-002-301（ナビダイヤル）
印刷所———株式会社暁印刷
製本所———本間製本株式会社
装幀者———micro fish

●お問い合わせ
https://www.kadokawa.co.jp/（「お問い合わせ」へお進みください）
※内容によっては、お答えできない場合があります。
※サポートは日本国内のみとさせていただきます。
※Japanese text only

ISBN978-4-04-111507-7C0193 定価はカバーに表示してあります。
◇◇◇

魔法が絶対の王国で魔力のない姫に転生したレイア。ところが、伝説の聖女と同じ浄化の力があるとわかり、憧れの勇者・カズヤと世界を救うことに！　異世界からきた者同士、感動の初対面になると思いきや、カズヤは何故か冷たくて……？

絶滅危惧種 花嫁
虐(しいた)げられた姫ですが
王子様の呪いを解いて
幸せになります
WEBで人気!!
身代わり花嫁の大逆転
シンデレラストーリー！
狭山(さやま)ひびき　イラスト/ぽぽるちゃ
異能を誇るノーシュタルト一族で「無能」と蔑まれて育ったエレナ。異母妹の身代わりに、呪われていると噂の王子に嫁ぐことに。ところが肝心のユーリ王子には会えず、代わりに出会ったのは何故か１匹の大きな狼で……？

●角川ビーンズ文庫●